Une fille entre
dans un bar...

Helena S. Paige

Une fille entre dans un bar...

Traduit de l'anglais (États-Unis)
par Éric Betsch

Michel Lafon

Titre original
A Girl Walks into a Bar

7-13, boulevard Paul-Émile-Victor – Île de la Jatte
92521 Neuilly-sur-Seine Cedex
www.michel-lafon.com

Toutes les femmes savent qu'il ne faut pas trop attendre d'une simple petite culotte. Si vous voulez être sexy à tomber, vous allez devoir faire un sacrifice au niveau du confort. Si le confort ultime est votre unique objectif, vous n'allez sans doute pas porter quelque chose de particulièrement mignon ou glamour. Si vous avez besoin de maintien à hauteur des abdominaux, vous opterez pour une culotte gainante mais serez gênée pour respirer.

Vous laissez glisser votre serviette au sol, puis, nue, vous vous penchez au-dessus du tiroir à sous-vêtements afin d'envisager les options qui se présentent à vous. Avec Melissa, votre meilleure amie, vous prévoyez depuis des semaines de vous offrir une virée d'enfer en ville – les chances sont excellentes pour que la soirée qui s'annonce soit la bonne. Il y a ce string violet, ridiculement cher, bordé d'un ruban de soie. Vous laissez courir vos doigts sur la dentelle velouteuse, non sans éprouver une légère nostalgie – vous n'avez pas porté de sous-vêtement sexy depuis une éternité.

À côté du string est rangée votre culotte la plus confortable. Son élastique est quelque peu détendu, elle est un peu délavée après tant de lessives, néanmoins elle vous plaît ainsi.

D'instinct, vous rentrez le ventre lorsque vous tendez la main vers votre culotte gainante. Si elle vous donne la sensation d'être enveloppée comme une saucisse, elle a au moins le mérite de vous offrir un ventre plat. Mais si la chance est ce soir au rendez-vous, il vous faudra alors un ouvre-boîte pour sortir de ce sous-vêtement, ce qui n'aura rien de sexy. Et si vous ne choisissiez rien du tout ? Vous rougissez et esquissez un sourire ; jamais vous n'avez agi de la sorte. Ne serait-ce pas incroyablement excitant d'être la seule personne de l'assistance à savoir que vous ne portez rien sous votre robe ?

- *Si vous optez pour le string violet en dentelle, rendez-vous en page 9.*
- *Si vous choisissez la culotte confortable, rendez-vous en page 10.*
- *Si vous préférez la culotte gainante, rendez-vous en page 11.*
- *Si vous voulez ne rien porter sous votre robe, rendez-vous en page 13.*

Vous avez opté pour le string violet en dentelle

Après une dernière touche à votre maquillage, vous vous écartez du miroir afin d'évaluer le résultat. Surexcitée, vous songez que cela fait une éternité que vous ne vous êtes pas ainsi apprêtée, au point que vous en aviez oublié combien c'est amusant. La robe noire au décolleté prononcé met vos courbes en valeur, tandis que vous avez chaussé vos talons aiguilles préférés, ceux qui vous confèrent des jambes de déesse et une taille de guêpe. Ce spectacle vous ravit : le string violet est assurément le bon choix. Qui sait, peut-être allez-vous, ce soir, mettre fin à une longue période d'abstinence ? Avec un peu de chance...

• *Rendez-vous en page 15.*

Vous avez choisi la culotte confortable

Vous vous observez dans le miroir. Cette robe noire et ces talons aiguilles vous donnent fière allure. Vous vous sentez sexy pour la première fois depuis des siècles. Vous vous retournez pour une dernière vérification, et remarquez que le contour de votre culotte de grand-mère gâche l'effet du tissu fluide de la robe. Non, cela n'ira pas. Vous ôtez en vitesse cette culotte et envisagez un bref instant de ne porter aucun sous-vêtement...

- *Si vous voulez ne rien porter sous votre robe, rendez-vous en page 13.*

Mais vous rejetez cette idée un peu trop osée à votre goût. Vous ouvrez de nouveau le tiroir et vous saisissez du string violet. Vous l'enfilez en prenant soin de ne pas l'accrocher à un talon.

- *Rendez-vous en page 9.*

Vous avez opté pour la culotte gainante

Vous êtes contrainte de vous allonger sur le lit pour enfiler la culotte gainante. Qui donc a inventé ce truc ? Clairement un sadique qui a les femmes en horreur. Et de quelle matière est-il fabriqué ? Sans doute du tissu dont on doit se servir à bord des navettes spatiales ? Après une nouvelle longue inspiration, vous l'agrippez et le remontez le long des cuisses.

Juste avant de perdre connaissance par manque d'oxygène, vous parvenez à le hisser à hauteur du ventre. Vous essuyez une goutte de sueur sur votre visage, puis vous vous levez d'un bond afin de vous examiner dans le miroir. Point positif : votre ventre est plat. De façon peu naturelle. Il est presque concave. Points négatifs : de légers vertiges vous assaillent, vous vous demandez si une de vos côtes n'est pas fêlée, et vous n'allez probablement pas pouvoir vous asseoir de la soirée.

Qui a dit qu'il fallait souffrir pour être belle ? Là, c'est trop : il faut lâcher du lest. Vous attrapez une paire de ciseaux et déchirez cette camisole de force en lycra. Soulagée, vous respirez enfin.

Vous enfilez le string violet. Après le lycra à la rigidité industrielle, la dentelle vous paraît aussi douce que des plumes. Face au miroir, vous retenez votre respiration, ce qui produit le même effet que la culotte sadique, sans toutefois vous bloquer la circulation sanguine. Il vous faudra simplement vous souvenir de rentrer le ventre chaque fois que quelqu'un vous regardera. Sur ces pensées, vous attrapez votre sac à main.

• *Rendez-vous en page 9.*

Vous avez décidé de ne pas porter de sous-vêtement

Désireuse de vous servir un verre de vin, vous entrez dans la cuisine en ondulant des hanches. Quelle étrange sensation de ne pas porter de culotte ! Sentir vos cuisses se frotter l'une contre l'autre en marchant est agréable. À vrai dire, chacun de vos gestes est vaguement excitant. Jamais vous n'avez perçu de façon si consciente vos parties intimes. C'est ce que doivent éprouver les mecs, songez-vous, tandis que votre sexualité se rappelle à vous à chaque mouvement.

Le verre à la main, vous regagnez votre chambre. Ces quelques mètres suffisent à provoquer une onde de chaleur en vous. Non, c'est trop. À ce rythme, vous n'atteindrez même pas le bar. Vous estimez qu'il vous faut quelque chose entre votre peau et la robe, si vous voulez être capable de regarder quelqu'un droit dans les yeux sans que vos joues prennent une teinte écarlate. Vous tendez le bras vers le très léger string violet, le sous-vêtement qui se rapproche le plus d'une certaine nudité.

• *Rendez-vous en page 9.*

En entrant dans le bar

Vous clignez plusieurs fois des yeux, le temps de vous habituer à la faible luminosité ambiante. Bien qu'assourdis, les battements rythmés du fond musical résonnent dans votre poitrine, tandis que vous frissonnez agréablement d'impatience. Vous vous êtes énormément consacrée à votre carrière professionnelle ces derniers temps ; cela fait très longtemps que vous n'avez pas fait la fête. Vous êtes bien décidée à vous amuser ce soir.

Vous n'êtes jamais venue ici. Découvrir cet établissement chic et branché est une idée de Melissa que vous cherchez du regard. Un long comptoir en acajou couvre toute la longueur d'un côté de la salle, alors que des groupes de clients, vêtus avec classe, rient et se prélassent dans de petites alcôves et aux différentes tables. Au fond se trouve une zone délimitée par une corde devant laquelle se tient un videur aussi costaud que Conan le Barbare. Ce doit être le carré VIP, où vous n'entrerez sans doute que dans vos rêves.

N'ayant pas repéré Melissa au bar, vous vous tournez vers les tables. Vous ne pouvez vous empêcher de dévisager un homme au charme ravageur installé dans une alcôve. Bien qu'il soit en pleine conversation avec un autre individu, quelque chose en lui vous attire. Il est clairement un peu plus âgé que vous mais ça lui va bien, un peu comme George Clooney. Il lève la tête et vous surprend en train de l'observer, comme s'il avait perçu l'intérêt que vous lui portez. Son regard est d'une intensité extrême. Vous rougissez et consultez ostensiblement votre montre, tant pour vérifier l'heure que pour vous donner un prétexte pour ne plus le dévorer des yeux. Il est 20 h 5, vous êtes à l'heure. Que fait donc Melissa ?

Après avoir balayé la salle d'un regard attentif, vous vous dirigez vers le bar et vous installez sur un tabouret, tournant le dos à « M. Intense ». Saisie de frissons, vous sentez presque l'intensité de son regard sur votre nuque.

– Bonsoir, qu'est-ce que je vous sers ? vous demande le barman.

Vous levez la tête et constatez avec surprise qu'il est canon, même s'il semble tout juste assez âgé pour servir de l'alcool. Pas un défaut ne tache sa peau qui contraste de façon saisissante avec ses cheveux et ses yeux noirs comme la couleur d'un expresso. Vêtu d'une chemise en coton blanche et d'un jean, il sourit gentiment, presque hésitant. Il attrape une bouteille vide sur le bar, non loin de vous, et, d'un geste fluide, la lance en direction de la poubelle, avec succès. Ses manches blanches impeccables relevées dévoilent des bras aux muscles bien dessinés. Inévitablement, vous vous demandez quel âge il peut avoir. Vingt et un ans, peut-être vingt-deux, à vue de nez. Hmm... Vous pourriez lui enseigner une ou deux choses.

Vous ne savez pas vraiment quoi commander. Il est vrai que vous vous trouvez dans un établissement huppé. Du champagne, un cocktail, un Martini sec ?

Puis vous revient à l'esprit une scène d'un film.

– Un verre de *prosecco*, s'il vous plaît, demandez-vous, espérant avoir correctement prononcé le nom de ce vin italien.

Le barman écarte une mèche de cheveux de ses yeux et vous gratifie de nouveau de son sourire doux et timide, qui a raison de vous pour la seconde fois.

– Ça vient tout de suite.

Il lève le bras et se saisit d'une flûte à champagne. Ce faisant, sa chemise se soulève et vous permet de bénéficier d'une vue parfaite sur son ventre lisse et musclé. Une ligne noire de poils soyeux s'étend de son nombril au bouton de son jean – vision qui vous met l'eau à la bouche.

Où est Melissa ? Il faut qu'elle voie ça. Vous comptez déjà la complimenter pour le choix du bar. Vous croisez les jambes et les serrez l'une contre l'autre. Vous sursautez lorsque votre portable vibre dans votre main. C'est justement un texto de Melissa : *Coincée au taf. Con de patron m'a refilé grosse charette. Désolée ! Dégoûtée de ne pas pouvoir venir.* ☹ *Amuse-toi pour moi !* ☺

Vous en êtes malade. Que faire, à présent ? Vous êtes toute pimpante mais n'avez nulle part où aller.

Si seulement elle vous avait prévenue plus tôt ! Quand Melissa apprendra-t-elle à dire « non » à son salaud de patron, parano du contrôle ?

Alors que vous n'êtes même plus certaine d'être toujours d'humeur à boire un verre, le séduisant barman ouvre de façon experte la bouteille de vin pétillant. Il en remplit un verre, qu'il tient incliné, et le pose devant vous, sans se départir de son sourire timide, ce qui vous réconforte quelque peu. Vous vous demandez quel effet cela ferait de parcourir du pouce le contour de ses lèvres pleines qui semblent appeler les baisers. Vous lui rendez son sourire et ouvrez votre sac afin de régler la consommation.

– Non, inutile, vous dit-il.

Est-il en train de vous draguer ? Alors que vous êtes sur le point de le remercier, il désigne l'extrémité du bar, avec l'air de s'excuser.

– C'est de la part de ce type, là-bas.

Vous vous tournez vers votre admirateur. Sa chemise aux couleurs criardes est ouverte jusqu'au ventre et laisse voir que davantage de poils se trouvent sur sa poitrine que sur son crâne. Une épaisse chaîne en or repose dans le buisson situé au-dessus d'une imposante bedaine. Il se met un cure-dent dans la bouche, se lève et s'approche de vous en roulant des mécaniques. Ce cliché ambulant saisira peut-être le message si vous détournez immédiatement le regard... mais non, il ne faut pas rêver.

– Salut, poupée, dit-il, en faisant passer son cure-dent d'un côté à l'autre de la bouche. Cette place est libre ? (Il s'assied lourdement à vos côtés sans vous laisser le temps de répondre.) Je suis Stanley Glenn.

Comme si vous deviez reconnaître ce nom.

Un renvoi s'échappe de sa bouche et vous submerge d'une odeur d'ail. Vous vous écartez autant que possible, sans y échapper.

– Excuse-moi, poursuit-il. Vaut mieux que ça sorte, pas vrai ? C'est ce que je dis toujours.

Il lève les mains, vous pointe de ses index et fait mine de presser la détente tout en vous adressant un clin d'œil. Votre premier réflexe est de lui dire d'aller se faire voir, avec son paillasson pectoral, mais ce serait grossier et vous ne souhaitez pas créer de scandale. Vous changez tout de même de position, de façon à être en mesure de lui envoyer un coup de genou dans les parties s'il s'approche davantage et vous submerge un peu plus de son haleine pestilentielle. Sur le point de poliment décliner la boisson qu'il vous offre, vous sentez soudain une main se poser sur votre épaule. Vous sursautez et vous vous retournez face à un homme que vous reconnaissez instantanément : celui qui a attiré votre attention lorsque vous êtes entrée dans le bar.

– Bonsoir, ma chérie, dit-il. Excuse-moi, je suis en retard.

Il se penche et dépose un baiser sur votre joue. Cette proximité inattendue vous coupe le souffle. Il émane de lui une délicieuse senteur boisée mêlée d'un arôme de cuir. De si près, vous distinguez ses tempes poivre et sel très sexy, ainsi que ses rides qui se dessinent au coin de ses yeux lorsqu'il sourit.

Un bras négligemment posé sur votre épaule, il salue Stanley :

– Merci beaucoup de lui avoir tenu compagnie. J'ai pris un peu de retard. Le boulot, vous savez ce que c'est.

Bien que consciente de profiter honteusement de la situation, vous vous appuyez légèrement sur le bras de votre sauveur. De son côté, le paillasson pectoral marmonne quelque chose et se lève. Stanley grimace quand il serre la main du nouveau venu. Le cure-dent a disparu : peut-être l'a-t-il avalé ? Le visage rouge brique, votre admirateur bat en retraite, hors de vue.

– Bonsoir, je m'appelle Miles, se présente votre nouvelle connaissance, retirant le bras de votre épaule.

– Et moi, je vous suis infiniment reconnaissante, répondez-vous, tandis que votre peau picote encore là où il l'a touchée.

– J'espère ne pas avoir été trop impertinent.

– Je m'en serais sortie mais merci pour votre aide, assurez-vous, le sourire aux lèvres.

– Je suis certain que vous l'auriez fait fuir d'un seul regard si vous l'aviez voulu, mais il me fallait un prétexte pour m'approcher de vous et me présenter.

Ces paroles vous semblant prometteuses, vous vous apprêtez à lui offrir un verre lorsqu'il reprend :

– J'ai été ravi de faire votre connaissance mais je ferais mieux de rejoindre mon collègue ; nous étions en train de conclure une discussion professionnelle.

– Bien sûr, je vous en prie. Merci encore.

Vous aimeriez qu'il reste, mais vous ne savez pas comment le lui demander.

– C'était un plaisir, répond-il en vous dévisageant une longue seconde avant de regagner sa table.

Vous le suivez du regard. Il porte un pantalon sur mesure coupé à la perfection et une chemise à rayures bleues très fines, dont il a déboutonné le col. Des vêtements élégants et certainement pas à la portée de toutes les bourses. Il se retourne et vous surprend en train de l'observer. Il vous adresse un signe de la main. Vous lui rendez son sourire et, la bouche sèche, vous vous retournez afin d'avaler une longue gorgée de ce vin pétillant.

– Un autre ? vous demande le jeune barman, alors que vous videz votre verre.

Ce mousseux est délicieux mais vous avez soif, aussi commandez-vous un Perrier.

– *Prosecco*, Perrier... Vous êtes d'humeur méditerranéenne, commente le jeune homme.

Ce qui vous surprend. Ces mots n'ont rien d'un bavardage ordinaire de comptoir. Vous l'examinez de plus près et, malgré l'éclairage artificiel du bar, vous constatez qu'il a quelque peu rougi.

– Qu'est-ce qu'un adorable jeune homme comme vous fait dans un tel endroit ? lui demandez-vous.

Vous vous sentez d'humeur à draguer, ce que vous mettez sur le compte du vin pétillant.

– Je remplace mon cousin qui est le barman habituel. Un peu d'argent est le bienvenu, les manuels scolaires sont chers.

– Oh, vous êtes étudiant ?

– Oui, et, je vous en prie, ne me demandez pas en quoi...

– Eh bien, ce n'était pas mon intention mais vous venez d'attiser ma curiosité.

– Philosophie des religions, dit-il, l'air penaud. Principalement des religions orientales.

– Vraiment ? Mais les perspectives de carrière ne doivent pas être nombreuses, j'imagine.

– Vous seriez étonnée, répond-il, l'air sérieux. J'aimerais travailler pour une organisation de maintien de la paix, et peut-être à terme intégrer l'ONU. Parcourir le monde, vous voyez.

De plus en plus intéressant. Un visage d'ange, un corps de pécheur et, aussi, un cerveau ? Sans compter qu'il semble vraiment souhaiter œuvrer pour la paix dans le monde.

Vous lui esquissez lentement un sourire prometteur. Bien que cela vous donne vaguement l'impression de le prendre au berceau, vous êtes tentée d'aller un peu plus loin dans cette voie. Cependant, vous avez intérêt à faire un tour aux toilettes. Si vous avez en tête de draguer un gamin canon de vingt et quelques années, vous feriez probablement mieux de vérifier votre maquillage.

Les toilettes pour dames constituent une oasis de calme et d'éclairage feutré. La seule autre femme présente en ces lieux se trouve devant le miroir, occupée à se maquiller.

Cette personne est sans doute l'une des plus impressionnantes que vous ayez jamais vue. Ses cheveux bouclés, aussi noirs que du charbon, sont relevés et attachés par un peigne en corail. Ses sourcils noirs se touchent presque, et un grain de beauté orne le bas de sa joue. Sa longue jupe serrée sur ses hanches est constellée de paillettes qui captent la lumière. C'est une création, c'est certain, peut-être même une Valentino. Cette femme relève la tête et aperçoit votre reflet dans le miroir. Elle sourit, comme ravie par ce qu'elle voit. Vous ne pouvez que remarquer sa poitrine : soit elle est insensible à la loi de la gravité, soit cette femme porte, sous son bustier en dentelle moulant, le soutien-gorge le plus cher jamais conçu.

Sous son doux regard, vous vous sentez un peu terne dans votre petite robe noire, tel un pigeon égaré dans l'enclos des paons.

– Désolée, je monopolise le miroir, dit-elle d'une voix un peu rocailleuse, à moins que ce ne soit un léger accent.

– Non, non, ce n'est pas grave, je viens simplement faire un tour aux toilettes, répondez-vous, peu à l'aise face à son élégance et son assurance.

Elle vous sourit de nouveau, puis vous vous réfugiez dans une cabine, le cœur battant, sans pouvoir vous ôter ce grain de beauté de l'esprit. Lorsque vous en avez terminé, vous vous lavez les mains et la rejoignez face au miroir, afin de réajuster votre maquillage. Votre eye-liner a un peu coulé et vous avez besoin d'une retouche de rouge à lèvres.

– J'adore vos cheveux, vous lance cette inconnue, tandis que vous sortez un peigne de votre sac à main.

– Merci, répondez-vous. (Un peu intimidée, vous portez la main sur votre chevelure.) C'est drôle, je tuerais volontiers pour qu'ils ressemblent aux vôtres.

– N'est-ce pas toujours ainsi ? Nous désirons toutes ce qui nous est inaccessible.

Elle soutient votre regard un peu trop longtemps. Vous êtes alors choquée de vous prendre à imaginer lécher son grain de beauté. D'où vous vient cet écart ?

– Attendez, vous avez encore un peu de... Tenez, laissez-moi faire, dit-elle.

Elle se tourne vers vous et, vous maintenant le menton d'une main ferme, elle essuie à l'aide d'un mouchoir l'eye-liner qui a coulé sous vos yeux. Vos visages sont si proches l'un de l'autre que vous pouvez à peine respirer. Néanmoins, vous êtes pleinement consciente du parfum, un exotique mélange d'épices, qui émane d'elle. Elle plonge ensuite la main dans sa trousse à maquillage et en sort un crayon eye-liner et une palette de fard à paupières, qu'elle brandit devant vous.

– Vous permettez ? Fermez les yeux.

Pas tout à fait certaine quant à ses intentions précises, vous hochez la tête et obtempérez. Vous tremblez un peu quand elle applique le crayon sur le bord de vos paupières, en s'aidant du bout du doigt. Puis elle recommence, cette fois avec du fard bleu ardoise et un surligneur, et étale délicatement la fine poudre sur vos paupières, jusqu'aux sourcils. Son toucher est incroyablement doux. Vous vous sentez presque prise d'un vertige.

Un vague regret vous atteint lorsqu'elle s'écarte.

– Et voilà, vous avez fière allure, *chica*, dit-elle, en désignant le miroir.

En vous retournant, vous constatez que, grâce à vos paupières foncées, vos yeux semblent beaucoup plus grands. Rien à voir avec votre technique d'amateur. Vous vous demandez si votre mystérieuse amie est mannequin ou quelque chose de ce genre.

– Ceci devrait vous plaire, ajoute-t-elle. Tenez. (Elle allonge son bras mince alourdi par des bracelets en argent et glisse dans vos doigts un papier plié.) C'était un plaisir de faire votre connaissance. J'espère que vous viendrez.

Sur ces mots, elle se saisit de son sac à main et se dirige vers la sortie, ondulant des hanches avec assurance.

Vous réagissez un peu trop tard :

– Merci pour le maquillage !

Après son départ, vous dépliez le papier. Il s'agit d'une publicité pour une exposition dans une galerie d'art, non loin d'ici. La photo qui l'illustre est un visage de femme en gros plan. Vous réalisez que c'est votre nouvelle amie qui vous fixe intensément et vous provoque avec ce spectaculaire regard. Vous laissez votre doigt courir sur le mot inscrit au bas du prospectus. *Immaculata*. Est-ce son prénom ? Le titre du spectacle ? Est-ce elle, la photographe ?

Vous le glissez dans votre sac et regagnez la salle. Aucune trace de votre nouvelle connaissance ; elle a dû partir.

Vous vous rasseyez sur le tabouret, avec un sentiment d'abandon. Vous vous sentez exposée aux regards, ainsi vêtue sans personne avec qui discuter. Le séduisant barman s'occupe d'un groupe bruyant à l'extrémité du bar, tandis que l'homme au regard si intense, rencontré un peu plus tôt, est toujours en pleine discussion avec son collègue.

Vous pouvez rester dans le bar et prendre un dernier verre, à moins que vous ne décidiez de vous rendre à l'exposition... Vous êtes au moins certaine d'y trouver des petits-fours.

- *Si vous décidez de prendre un autre verre, rendez-vous en page 27.*
- *Si vous décidez de vous rendre à la galerie où se tient l'exposition, rendez-vous en page 63.*

Vous avez décidé de commander une autre boisson

Le barman au visage d'ange revient vers vous avec le Perrier que vous avez déjà oublié avoir commandé. Vous le remerciez et vous envoyez un texto à Melissa, lui disant qu'elle vous doit une soirée pour vous avoir ainsi fait faux bond.

– Excusez-moi, intervient une voix de basse profonde.

Vous levez la tête de votre portable et découvrez une montagne vivante, un mastodonte de près de deux mètres et presque aussi large. Vêtu d'un costume noir, il est équipé d'une oreillette.

– Au cas où vous ne l'auriez pas remarqué, les Space Cowboys sont ici, dit-il en désignant la zone VIP d'un pouce par-dessus l'épaule.

– Vraiment ?

Vous pivotez sur votre tabouret et tendez le cou. Les musiciens et leur entourage ont dû arriver pendant que vous étiez aux toilettes, le carré VIP est à présent bondé. Deux serveuses s'y dirigent, chargées de seaux à champagne, tandis qu'un autre videur aux allures de gorille monte la garde devant la corde rouge, s'assurant que seules les personnes les plus importantes ou les plus élégantes puissent y accéder. Vous apercevez furtivement Jerry, le chanteur, sur les épaules duquel deux filles, très grandes, du genre top model, sont appuyées. Il porte les deux blondes comme vous portez une veste.

– Ouaip, dit le garde du corps. Charlie m'a demandé de vous inviter à le rejoindre dans la zone VIP pour boire un verre avec lui.

– C'est vrai ?

Vous n'en revenez pas. Ce doit être l'effet de vos nouveaux yeux, offerts par la femme, dans les toilettes. Si vous la recroisez un jour, vous devez absolument la remercier.

– C'est le batteur, n'est-ce pas ? demandez-vous, en scrutant la zone VIP afin de le repérer.

Oui, le voici, assis sur un canapé en cuir, à côté du guitariste, dont le nom vous échappe. Il capte votre regard, sourit et lève la main.

Vous vous redressez et vous saisissez de votre Perrier, regrettant de ne pas avoir commandé une boisson plus forte.

– Je suis très flattée mais dites à Charlie des Space Cowboys que s'il veut que je le rejoigne, qu'il se bouge les fesses et vienne me le demander lui-même, ici, dans le monde réel, parmi les paysans, au lieu d'envoyer son garde du corps faire le sale boulot à sa place. N'y voyez pas d'offense, bien sûr !

– Ne vous en faites pas pour ça, répond le géant

qui semble esquisser un léger sourire du coin des lèvres. Vous *savez* qui est Charlie, n'est-ce pas ?

– Il pourrait être le foutu prince William, ce serait la même chose. Dites-lui que s'il le veut vraiment, il sait où me trouver.

Vous vous penchez afin de vous écarter du colosse et croisez de nouveau le regard de Charlie. Vous affichez votre sourire le plus sexy, le plus diabolique, et levez votre verre pour porter un toast.

– Entendu, répond l'homme-montagne avec, cette fois, un sourire clair et net.

Le cœur battant, vous vous retournez face au bar, les mains légèrement tremblantes.

Le miroir, situé derrière le bar, reflète le carré VIP. En tournant à peine la tête, vous êtes à même d'observer ce qui s'y déroule. Retourné au fond de la salle, le videur se penche et murmure quelque chose à l'oreille de Charlie. Celui-ci commence par lever les sourcils, puis prend un air décontenancé, avant de regarder dans votre direction. Vous faites comme si de rien n'était, prenant soin de vous tenir droite et de rentrer le ventre. Charlie se penche en arrière et éclate de rire. Quelques secondes plus tard, il se lève. Votre estomac se noue quand vous voyez le reflet du musicien quitter la zone VIP et prendre la direction du bar. Il avance vers vous ; vous avez intérêt à préparer un air surpris.

Si la plupart des gens n'ont d'yeux que pour les chanteurs, vous avez toujours eu un faible pour les batteurs. Peut-être parce qu'ils sont souvent un peu plus *bad boys*. Charlie porte les cheveux assez longs qui tombent en une frange irrégulière sur un œil. Il est grand et mince et a les bras chargés de tatouages, dont un est une phrase qui s'étale tout en longueur. Imaginer suivre du doigt le contour de ces lettres vous offre une ola de frissons dans le cou.

– Salut, dit-il, s'adossant contre le bar, à côté de vous, avant de vous tendre la main. Ravi de te rencontrer, je suis *le foutu prince William.*

Bien qu'ayant prévu de conserver un certain calme, vous ne pouvez vous empêcher d'éclater de rire. Vous lui serrez la main, consciente de la moiteur de votre peau contre la sienne. Vos doigts sont avalés par les siens.

– Tu as des mains énormes !

Vous vous sermonnez mentalement d'avoir prononcé ces mots à voix haute.

– Ah, dit-il en examinant attentivement ses mains. Tu sais ce qu'on dit des hommes aux grandes mains ? (Vous rougissez violemment.) Hé ! À quoi penses-tu, petite polissonne ? Je voulais dire qu'ils font de grands batteurs !

– Oh, vraiment ? (Un soudain élan de courage vous incite à attraper une de ses mains.) Sérieusement, je n'en ai jamais vu de si grandes. As-tu contacté le *Livre Guinness des records* ? Si ceci est ta ligne de vie, tu vas vivre très, très longtemps.

D'un doigt, vous suivez avec délicatesse le tracé de sa ligne de vie.

– Et encore, tu n'as pas vu mes pieds, dit-il, avant de considérer le bar. C'est donc ça, la vie parmi *les paysans* ?

– Bienvenue dans le monde réel. Il est rare que quelqu'un m'aborde par l'intermédiaire d'une autre personne. J'ai eu l'impression de me retrouver au collège.

– Tu as raison, c'était un peu arrogant de ma part. Et si je t'offrais un verre pour me rattraper ? Mais dans ce cas, il faudrait sans doute que je récupère ma main, au moins pour payer.

Vous vous rendez compte que vous lui tenez toujours la main ; vous la lâchez aussitôt, comme si c'était un charbon ardent. Votre tête bourdonne, pleine de bulles et de légèreté, comme du champagne.

– Ce serait génial, merci.

Tandis que Charlie tapote le comptoir sur un rythme enlevé, le jeune barman s'approche, et fait l'effort de ne pas regarder ce célèbre musicien avec trop d'insistance quand il comprend qui il est.

– Qu'est-ce que je vous sers ?

Charlie se tourne vers vous, les yeux scintillants d'espièglerie :

– Deux *shots* de tequila dorée. Avec de l'orange, pas du citron.

Alors que vous êtes sur le point de protester, de dire que vous buvez du vin pétillant, il hausse un sourcil en vous regardant. Vous prenez soudain conscience que vous allez boire une tequila avec le batteur des Space Cowboys. C'est assurément l'un des mecs les plus canon du bar, voire du pays, il a des mains immenses, il est sexy et veut boire une tequila avec vous. Vous vivez un moment « de l'autre côté du miroir », tel qu'on n'en connaît qu'une fois dans une vie. Dans ces cas-là, soit on saisit l'opportunité au risque de commettre quelque folie, soit on se retient, au risque de le regretter jusqu'à la fin de ses jours.

Allez-vous accepter ce verre ? Vous savez parfaitement quel effet la tequila produit sur vous, en particulier après du vin pétillant. Vos inhibitions s'envolent sans tarder. Vous savez pertinemment que si vous vous engagez dans cette voie, vous ne pourrez sans doute pas faire demi-tour.

À l'idée de faire la fête avec lui, quelque chose se noue, s'agite au plus profond de vous-même. Vous rendez son sourire à Charlie et acquiescez légèrement, faisant de votre mieux pour paraître posée, alors qu'en vous-même vous explosez tel un feu d'artifice chinois bon marché. L'espace d'une fraction de seconde, vous vous demandez ce qu'est devenu M. Intense – cet homme plus âgé et si affable, contrastant en tout point avec Charlie.

Tandis que vous hésitez encore, le barman remplit les verres, qu'il orne d'une demi-rondelle d'orange. Charlie glisse le vôtre jusqu'à vous et lève le sien afin de porter un toast, comme pour vous mettre au défi.

- *Pour boire une tequila avec une rock star, rendez-vous en page 33.*
- *Si vous ne voulez pas boire une tequila avec une rock star, rendez-vous en page 54.*

Vous acceptez une tequila en compagnie d'une rock star

Et pourquoi pas ? Ce n'est pas comme si vous alliez vous mettre en couple avec ce type. Vous ne repartirez pas ensemble, à cheval, sous le soleil couchant ; vous savez parfaitement ce dont il va être question. Si vous jouez correctement votre jeu, vous pourriez bien vivre un véritable conte de fées, le temps d'une nuit.

– À la santé du *foutu prince William*, dit Charlie, en faisant tinter son verre contre le vôtre.

Vous avalez votre boisson cul sec, grimaçant alors que l'alcool vous incendie la bouche et la gorge, puis vous sucez la rondelle d'orange, afin de chasser la brûlure provoquée par la tequila. L'air que vous prenez fait rire Charlie qui plaque son verre vide sur le bar et s'attaque également à sa tranche d'orange.

– As-tu déjà fait un *body shot* ?

Vous secouez la tête. Une onde de chaleur se propage en vous, tandis que la tequila se répand dans votre corps.

Il s'approche de vous. Il trouve le moyen de transpirer le sexe par tous les pores de la peau ; il sent même le sexe, estimez-vous, le sexe et la tequila. Il tend le bras pour repousser une mèche de cheveux derrière votre oreille. Ce geste vous fait frissonner ; vous éprouvez les pires difficultés à ne pas observer de plus près son bras, qui vous semble émettre de la chaleur.

– Les règles du *body shot* sont simples, dit-il en se penchant vers vous, jusqu'à vous frôler, avec son éternel sourire sexy et entendu. (Vous êtes si près de lui que vous pourriez presque l'embrasser.) Je place la rondelle d'orange dans ma bouche et tu verses du sel n'importe où sur mon corps, d'accord ? Ensuite, tu lèches le sel, tu bois le contenu du verre et tu mords l'orange dans ma bouche. Tu veux essayer ?

Pas assez sûre de vous pour prononcer le moindre mot, vous hochez simplement la tête. La seule pensée de lécher le corps de Charlie humidifie instantanément votre string.

– Quatre autres tequilas, s'il te plaît, mon pote, lance Charlie au barman. Et cette fois, il va nous falloir un peu de sel.

Quatre ? Dans quoi vous êtes-vous embarquée ? Charlie s'empare de la salière et vous la tend.

– Tu commences, dit-il, le regard plein de défi. Quelle partie de mon corps choisis-tu ?

Vous prenez votre temps pour l'examiner de la tête aux pieds mais la décision est facile à prendre : vous jetez forcément votre dévolu sur ce bras de batteur, ferme et musclé.

– Tends le bras.

L'assurance de votre voix vous surprend, alors que votre cœur bat toujours à toute allure et que vos tétons se durcissent et frottent contre votre soutien-gorge en dentelle.

Charlie approuve d'un sourire et se saisit d'une rondelle d'orange, qu'il cale entre ses dents parfaitement blanches, la chair du fruit à l'extérieur, n'attendant que vous. Puis il tend le bras gauche, celui qui n'est pas tatoué de la fameuse phrase.

Sa peau est chaude sous vos doigts. Sans le quitter des yeux, vous versez une traînée de sel sur son avant-bras, vous baissez la tête et, toujours sans rompre le contact visuel, vous le léchez, plaquant au maximum votre langue afin de goûter le plus de surface possible de sa peau. Vous réitérez l'opération afin de vous assurer de ne pas oublier le moindre grain de sel. Il a un goût délicieux : du musc mêlé de sueur.

Les yeux écarquillés et les pupilles dilatées, il ne rate rien de votre élan. Vous avalez ensuite la tequila. Il se penche vers vous afin que vous puissiez mordre la rondelle coincée entre ses dents. Vous posez la main sur sa nuque et l'attirez à vous. Vous sentez sa bouche se plaquer avec empressement contre la vôtre lorsque vous mordez dans le fruit.

Vous lui lâchez le bras. Il laisse tomber son immense main sur votre jambe et la caresse avec douceur. La tequila, cette proximité, sa main si proche de votre entrejambe et le simple goût de son corps vous font vibrer d'excitation. Vous vous penchez légèrement en arrière, les lèvres pincées du fait de l'acidité de l'orange, qui chasse la puissance de la tequila.

– À mon tour, déclare Charlie, en vous dévisageant intensément.

Il se pourlèche les lèvres. Votre string est à présent trempé ; vous jouiriez probablement en quelques secondes si Charlie vous touchait ici et maintenant.

– Je crois que je vais choisir le cou, dit-il avec lenteur, sans vous quitter du regard.

Vous avalez votre salive lorsqu'il écarte vos cheveux et vous caresse le cou.

– Juste là, ajoute-t-il. (Votre corps se couvre de chair de poule. Il se penche encore.) Je ferais mieux de lécher d'abord, pour être sûr que le sel tienne, tu comprends ?

Vous acquiescez, la peau presque douloureuse tant elle désire être de nouveau effleurée par ces habiles et puissants doigts. Vous inclinez la tête sur le côté, de façon à lui permettre d'accéder à la plus grande surface possible. Il se penche en avant, posant sa main de géant pour soutenir votre nuque, puis il fait courir sa langue chaude du creux de votre clavicule jusqu'au bas de votre oreille. Il s'écarte, place la rondelle d'orange entre vos dents, prête pour sa bouche, et verse le sel sur la portion de peau qu'il a léchée. Tout en vous maintenant les bras le long du corps, il lèche le sel, commençant de nouveau à la clavicule pour remonter le long du cou. S'il ne cesse pas sans tarder, il est tout à fait possible que cela suffise à déclencher un orgasme.

– Je crois que j'en ai oublié, vous marmonne-t-il à l'oreille.

Il redescend jusqu'à votre clavicule, puis il remonte de nouveau en vous mordillant. Vous allez certainement vous évanouir de plaisir. Satisfait de sa séance de léchage intensif, il se redresse et avale sa tequila, puis il vous attire contre lui et mord la rondelle que vous tenez dans la bouche. Vous sentez le goût du sel et de l'alcool sur ses lèvres, lorsqu'il les plaque contre les vôtres.

Puis il s'écarte de vous, beaucoup trop tôt.

– Ça te dirait qu'on aille à mon hôtel, pour recommencer sur d'autres parties du corps ? propose-t-il en reposant brusquement son verre sur le bar.

- *Pour suivre la rock star à son hôtel et procéder à d'autres* body shots, *rendez-vous en page 38.*
- *Si vous décidez d'abandonner la rock star, rendez-vous en page 54.*

Vous avez décidé de suivre la rock star dans sa suite d'hôtel

Vous êtes agenouillée sur un tapis à poils longs, devant l'immense cheminée digne de la rock star que vous avez accompagnée. C'est un cliché mais il est plutôt agréable. Seule une rock star peut s'offrir une suite telle que celle-ci, qui, en plus de tous les luxes imaginables, occupe un étage entier de l'hôtel. D'invisibles enceintes, tapies au plafond et dans les murs, diffusent de la musique à un volume idéal. Un morceau à la ligne de basse profonde et régulière, que vous ne reconnaissez pas.

Charlie se trouve face à vous, également à genoux. D'un mouvement fluide, il fait passer votre robe par-dessus votre tête, sans vous laisser le temps de pleinement prendre conscience de son geste. Il vous allonge ensuite avec douceur sur le tapis moelleux et pelucheux, qui vous caresse le dos.

– Ne bouge pas, dit-il d'une voix rauque. Tu ne vas pas souffrir le moins du monde. (Vous frissonnez lorsqu'il verse de la tequila dans votre nombril.) Hmm, où donc vais-je déposer le sel ?

Après avoir prononcé ces mots d'un air taquin, il parcourt du doigt une ligne imaginaire reliant votre nombril à votre string violet.

– Première règle des *body shots* : sans les mains ! dit-il en retirant ses doigts, alors que vous commenciez à apprécier ce contact.

Il baisse la tête et tire délicatement le bord de votre soutien-gorge avec ses dents qui effleurent un de vos tétons quand il écarte la dentelle qui le recouvre. La rudesse de ce contact vous coupe le souffle ; le bout de vos seins durcit tant et devient si sensible que vous avez envie de vous tortiller ; ce que votre nombril rempli de tequila vous interdit. Après avoir dénudé votre sein droit, il lèche généreusement le téton tendu. Puis il se saisit d'une rondelle d'orange, qu'il vous tend pour que vous la coinciez dans la bouche.

Il souffle doucement sur votre poitrine, à l'endroit qu'il vient de lécher, ce qui durcit davantage le bout du sein. La fraîcheur de son haleine vous provoque la chair de poule sur l'ensemble de votre corps brûlant. Il verse ensuite un trait de sel sur le téton, geste qui réclame le retour de sa langue sur votre peau.

Enfin, alors que vous n'allez pas supporter une seconde de plus de ne pas être touchée, il se penche et lèche rapidement le sel. Trop rapidement à votre goût ; vous aimeriez qu'il s'attarde un peu. Il porte les lèvres sur votre nombril. Vous ne pouvez éviter de vous cambrer lorsqu'il aspire la tequila en plongeant la langue, puis en la promenant autour du minuscule puits. Avant même que votre corps n'en prenne conscience, il se juche sur vous, toujours à quatre pattes, les bras de chaque côté de votre tête. Il plaque sa bouche sur la vôtre et dévore avec avidité la rondelle d'orange. La chair et la peau du fruit disparaissent en quelques secondes, puis il vous embrasse. Vous sentez son membre raidi à travers son jean et contre votre string trempé.

Vous lui rendez son baiser avec frénésie. Vos langues s'entremêlent, chargées du goût du sel et de la tequila. Vous vous frottez les hanches contre son entrejambe, recherchant désespérément une friction quelconque pour vous soulager. Vous entourez sa taille de vos jambes dénudées. Il est incroyablement dur sous son jean. Ces vêtements sont désormais de trop. Vous voulez sentir sa peau contre la vôtre, aussi le roulez-vous sur le dos afin de le chevaucher à votre tour. Vif comme un renard, il détache votre soutien-gorge, libérant vos seins. Mais ce n'est pas juste ; vous êtes quasiment nue, alors qu'il porte encore presque tous ses habits. Vous lui agrippez les poignets et repoussez ses bras derrière la tête. Il tente de vous mordiller les seins mais vous le maintenez à distance, afin de le faire mariner un peu.

– À mon tour ! lâchez-vous, haletante.

Tout en le regardant droit dans les yeux, vous pressez votre corps contre le sien. La sensation de sa raideur contre vous est si agréable que vous devez vous forcer pour y mettre un terme. En effet, vous êtes si excitée que, bien qu'il n'ait pas encore retiré son jean et vous ait à peine touchée, vous allez jouir en quelques secondes si vous insistez un tant soit peu. Vous ne souhaitez pas en arriver immédiatement à ce stade ; d'autres projets vous attendent. Lorsqu'il lève la tête et cherche à vous embrasser, vous ne le laissez faire que quelques secondes avant de vous redresser. C'est à présent vous qui êtes aux commandes.

Toujours juchée sur lui, les genoux confortablement calés sur le tapis moelleux, vous lui lâchez les poignets et faites passer son tee-shirt par-dessus sa tête. Vous vous étalez ensuite sur lui, mordillant son torse musclé, gardant tour à tour ses tétons dans la bouche, tandis qu'il gémit de plaisir. Vous déboutonnez son jean, ouvrez la braguette et faites glisser son pantalon sur ses jambes. Vous libérez ainsi le pénis le plus énorme, le plus dur, que vous ayez jamais vu. Il est si monumental que l'idée de l'accueillir en vous vous effraie quelque peu. Charlie tend le cou, affichant un sourire orgueilleux.

– Ne bouge pas ! roucoulez-vous.

Vous vous emparez de la bouteille de tequila pour en verser dans son nombril. Le liquide déborde et se répand sur sa peau, dans toutes les directions, notamment vers son entrejambe, donnant naissance à de minuscules ruisseaux sur ses poils pubiens noirs.

Vous vous agenouillez près de lui et brandissez la salière. Il vous lance un regard impatient. Vous vous penchez et prenez son pénis dans une main, puis le léchez lentement, de la base jusqu'à l'extrémité, tout en palpant doucement ses testicules de l'autre main. Vous faites ensuite redescendre votre langue le long du membre tendu. Charlie ferme les yeux et, la tête en arrière, pousse un gémissement de plaisir, tout en luttant pour ne pas se tortiller et renverser la tequila.

C'est à votre tour de l'avoir en votre pouvoir ; vous en appréciez chaque seconde. Vous glissez une rondelle d'orange dans sa bouche, ce qui assourdit ses grognements. Vous versez ensuite une traînée de sel à l'endroit que vous avez humidifié, avant de lécher ces grains avec lenteur. Vous sentez son pénis pulser sous votre langue. Vous aspirez la tequila dans son nombril, jusqu'à la dernière goutte, et chevauchez de nouveau votre compagnon, pour vous étaler sur son corps et mordre dans la rondelle d'orange coincée entre ses dents. Le goût de l'agrume chasse la tequila dans votre gorge.

Incapable de se contenir plus longtemps, Charlie vous roule sur le dos et vous plaque les bras sur le tapis, tout en frottant son sexe contre vous.

– Je te veux en moi, suppliez-vous, ne supportant plus cette attente.

Il retire votre string. L'espace d'un instant, vous vous félicitez d'avoir opté pour ce sous-vêtement et délaissé la culotte de grand-mère et le lycra gainant. C'est alors que vous sentez son gland contre vous.

– Doucement, murmurez-vous, avant de vous redresser, songeant soudain à prendre des précautions. Et protégeons-nous.

Il hoche la tête, ayant saisi où vous vouliez en venir, et sort un préservatif de la poche de son jean roulé en boule à côté de vous. Vous vous rallongez sur le dos, votre excitation à son comble et respirant par saccades. Il se dresse sur un bras et enfile le caoutchouc sur sa virilité.

– Doucement ! murmurez-vous de nouveau, la tête rejetée en arrière et les jambes écartées.

Il se glisse lentement en vous. Vous êtes si humide que son gland s'insère facilement dans votre intimité. Cependant, vous sentez vos chairs se tendre à mesure qu'il s'engouffre plus profondément. Vous vous cambrez davantage, jusqu'à ce qu'il vous ait entièrement pénétrée. Vous éprouvez un plaisir insensé, en particulier quand ses poussées, douces dans un premier temps, se font plus brutales et plus régulières. Il n'est pas loin d'être trop bien monté pour vous, mais la sensation qu'il vous procure est trop agréable pour que vous lui demandiez de cesser.

Alors qu'il a adopté un certain rythme, il se dégage brièvement et vous en profitez pour vous retourner sur le ventre. Vous vous agenouillez et levez les fesses. Dans un grognement de désir, il vous prend en levrette. Vous sentez l'extrémité de son membre buter contre votre point G, au plus profond de vous-même, précisément comme vous le désirez. Vos genoux tremblent ; chaque violent élan vous rapproche d'un orgasme de folie. Il ne tarde pas à vous empoigner les hanches, tout en enchaînant les coups de boutoir. Incapable de vous retenir plus longtemps, vous accompagnez ses mouvements, contrôlant la profondeur des va-et-vient de façon idéale, jusqu'à ce qu'il n'en faille plus qu'un pour vous faire sombrer, les yeux révulsés et les orteils recroquevillés. Votre vagin se contracte à la puissance mille et vous jouissez tous les deux à la même seconde : vous en lâchant un long gémissement guttural, et lui en poussant un cri au moment où il accentue la pression sur vos hanches. Il vous assène ensuite de son immense main une claque sur les fesses, dont la piqûre jouissive prolonge et augmente l'intensité de votre orgasme.

Enfin, alors que vous estimez que vos jambes flageolantes ne vous soutiendront plus longtemps, il se retire, ce qui vous permet de vous effondrer sur le tapis, le corps glissant de sueur. Charlie s'écroule à côté de vous et vous attire près de lui, votre dos contre son ventre. Vous êtes on ne peut plus satisfaite, l'esprit léger grâce à la tequila et à la jouissance, vos jambes emmêlées dans celles de votre amant. Ce dernier vous serre contre lui et vous enveloppe dans ses bras, ce qui déclenche en vous une série de répliques orgasmiques et de convulsions.

Quand vous ouvrez enfin les yeux quelque chose comme cent ans plus tard, vous suivez du doigt la phrase tatouée sur le bras droit de Charlie, celui que vous n'avez pas léché : *Je ne sais pas où je vais mais je vous promets que ce ne sera pas ennuyeux.* Vous esquissez un sourire et sentez de nouveau votre partenaire se durcir, son sexe géant commençant à remuer contre votre dos.

– Tu sais ce qu'on devrait faire ? dit-il, en vous tapotant doucement un bras du bout des doigts.

– Quoi donc ? répondez-vous, en vous demandant ce qu'il peut bien avoir en tête, tout en vous étonnant de son endurance. Tu te sens capable de recommencer tout de suite ?

Il sourit et hausse les épaules, mais son regard se pose un instant sur une petite boîte en plastique, sans doute tombée de sa poche quand il y a pioché le préservatif. Elle contient plusieurs pilules bleues, qui sont loin d'être une énigme pour vous – vous recevez sans cesse des spams vantant leurs mérites. Il s'éclaircit la gorge et pousse son jean, de façon à recouvrir la boîte révélatrice.

Vous éprouvez une vague déception : une rock star obligée de prendre du Viagra ? Vous étiez loin d'imaginer cela de la part de ce type.

– Que dirais-tu de faire un truc délire ? vous demande-t-il.

– Délire ? répétez-vous, nerveuse.

– Ouais, quelque chose d'un peu différent, d'un peu... spécial !

– Ça dépend de ce à quoi tu penses, répondez-vous, quelque peu inquiète à propos du genre de relation sexuelle dépravée qu'il projette.

S'il envisage d'approcher sa chose monstrueuse d'un de vos autres orifices, il peut toujours rêver.

– Eh bien, je me disais qu'on pourrait prendre une douche ensemble, dit-il. La salle de bains de cette suite est incroyable, avec une vue de malade sur toute la ville.

- *Pour prendre une douche avec une rock star, rendez-vous en page 46.*
- *Si, épuisée, vous préférez rentrer chez vous, rendez-vous en page 51.*

Vous acceptez de prendre une douche avec une rock star

Vous poussez un soupir de soulagement. Ouf, il ne songe qu'à faire l'amour dans la douche. Ce n'est pas si spécial. Viagra ou pas, vous êtes tout à fait capable de faire l'amour avec une rock star canon, dans une salle de bains de luxe pourvue d'une vue à couper le souffle. Par ailleurs, la soirée ayant été longue et chaude, se glisser sous un filet d'eau fraîche est tentant. Imaginer ces mains immenses vous enduire le corps de savon déclenche de nouveau une certaine humidité entre vos cuisses.

– Ça me paraît génial, répondez-vous, tournant la tête pour l'embrasser dans le cou.

Vous laissez ensuite glisser votre bouche un peu plus bas. Quant à lui, il prend à pleine main un de vos seins et se met à en caresser le téton de deux doigts. Votre corps étant encore ultrasensible après votre monstrueux orgasme, cette sensation se rapproche d'une délicieuse souffrance. Il se lève et vous tend la main :

– Allons-y.

Vous le laissez vous lever, puis vous le suivez jusqu'à la chambre de l'immense suite. La fenêtre panoramique surplombe la ville dont les lumières étincellent comme autant de bijoux, tandis qu'un lit circulaire géant trône au centre de la pièce. Charlie vous entraîne jusqu'à la salle de bains attenante, presque plus vaste que votre appartement. Le sol est couvert d'énormes dalles de marbre et la ville scintille à travers une autre fenêtre qui s'étend du carrelage au plafond.

Sans vous lâcher, Charlie ouvre la porte de la douche et y entre, avant de vous attirer derrière lui. Il y a là largement assez de place pour vous deux, avec même un rebord en marbre, au cas où vous désireriez vous asseoir pour admirer le panorama urbain et le ciel nocturne.

Il actionne les robinets ; des jets d'eau vous arrosent selon une dizaine d'angles différents, sensation paradisiaque sur votre corps encore surchauffé. Votre amant vous embrasse avec fougue sous cette averse. Vos genoux tremblent encore des suites de votre orgasme précédent. Vous vous pelotonnez contre Charlie, qui vous frotte le dos avec un savon doux. La mousse glisse entre vos fesses et atteint votre sexe, qui palpite de nouveau en réaction à cette caresse.

– Oh, mon Dieu... gémissez-vous, en proie à une jouissance qui vous fait de nouveau vaciller.

Il baisse les yeux vers vous : ses cheveux mouillés plaqués sur le front lui donnent un air un peu niais. Vous remarquez, par ailleurs, qu'il portait du mascara, et sans doute pas du waterproof, car celui-ci coule sous ses yeux. Consternée, vous voyez également la citation de David Bowie fondre sur son bras, les traits de stylo se dissolvant sous l'assaut de l'eau.

– Dis-moi, bébé... dit-il avec sérieux. (Vous hochez la tête, pas vraiment certaine de pouvoir articuler un mot.) Je voudrais te demander quelque chose.

Un infime picotement d'inquiétude se propage le long de votre colonne vertébrale.

– Il y a une chose qui me plaît... Tu vas peut-être trouver ça bizarre mais, crois-moi, c'est très *hot*. Si tu veux bien essayer, j'espère que tu aimeras aussi.

– C'est quoi ? balbutiez-vous, après vous être éclairci la gorge.

Qu'avez-vous à craindre ? Même s'il se maquille les yeux et a besoin de Viagra, même si ses tatouages ne sont pas tous authentiques, il n'en reste pas moins le batteur des Space Cowboys. Il est super canon et la partie de jambes en l'air que vous venez de partager avec lui était fantastique. Quoi qu'il soit sur le point de vous demander, vous êtes à peu près certaine de pouvoir le faire, ou au moins d'y réfléchir avec une certaine ouverture d'esprit.

Il vous saisit les poignets et vous regarde droit dans les yeux, presque implorant :

– J'aimerais beaucoup que tu me pisses dessus.

Le souffle coupé, vous fournissez un violent effort pour ne pas grimacer. *Ouverture d'esprit, ouverture d'esprit*, ouverture d'esprit, vous serinez-vous en pensée.

– Quoi ?

Avec un peu de chance, vous avez mal entendu.

– Ça m'exciterait vraiment si tu pissais sur moi, sérieusement, répète-t-il, plein d'espoir.

– Euh... Tu veux que je fasse pipi ? Sur ton corps ?

Vous pensiez jusqu'alors que l'on ne procédait à cette opération que pour soulager les piqûres de méduse. Il acquiesce et sourit, de cette façon si sexy qui est la sienne. Sauf qu'il n'a plus l'air si sexy, avec ses yeux de raton laveur et ses cheveux plaqués qui, sans l'aide du gel coiffant, dévoilent une calvitie naissante.

– Oui, confirme-t-il. C'est vraiment *hot.* Je m'assois sur le rebord, on ferme les robinets et tu me pisses dessus. Où tu veux, lâche-toi.

– Hmm... dites-vous, hésitante. Je n'ai pas envie pour le moment. Mais laisse-moi le temps de boire un peu et de nous rapporter deux verres de champagne. Je suis certaine qu'après ça je pourrai pisser pour toi. Qu'en dis-tu, ça te convient ?

Votre réaction illumine ses yeux.

– Génial ! s'écrie-t-il. Bon sang, tu es incroyable, ça va être trop *hot* !

Un sourire aux lèvres, vous déposez un léger baiser sur ses lèvres, puis vous sortez de la douche.

– Attends-moi ici, *bad boy.* Je reviens tout de suite.

En sortant de la salle de bains, prenant garde de ne pas glisser sur le marbre, vous surprenez Charlie jouant d'une guitare imaginaire sous la douche.

Vous regagnez le salon en toute hâte, votre corps nu encore ruisselant, attrapez un plaid sur le canapé pour vous sécher – il doit être cher, mais quelle importance ? Vous ramassez vos sous-vêtements et enfilez votre robe sur votre peau encore humide. Vous récupérez ensuite vos chaussures, votre sac à main et gagnez sur la pointe des pieds la porte de la suite, que vous refermez sans un bruit derrière vous. Vous foncez jusqu'à l'ascenseur et lâchez un rire hystérique en imaginant Charlie prendre racine dans la douche, et la tête qu'il fera quand il comprendra que vous n'allez pas revenir. Quel taré !

Le moment est assurément venu de rentrer chez vous pour visionner un bon DVD, un énorme bol de pop-corn sur les genoux. Non, attendez, vous devriez peut-être plutôt passer chez Melissa – elle ne vous croira jamais quand vous lui raconterez votre aventure !

- *Pour rentrer chez vous, rendez-vous en page 243.*
- *Si vous souhaitez faire un crochet chez Melissa afin de lui raconter votre soirée de folie, rendez-vous en page 275.*

Épuisée, vous avez seulement envie de rentrer chez vous

Vous bâillez et vous étirez. Vous êtes fatiguée mais comblée. Derrière vous, le sexe de Charlie durcit, faisant pression contre votre dos. Vous avez la sensation d'évoluer dans un rêve dans lequel les filles ordinaires se tapent des rock stars sur des tapis à poils longs, dans des suites d'hôtel hors de prix qui surplombent la ville. Si quelqu'un vous pinçait en cet instant, vous risqueriez fort de vous réveiller et tout serait terminé.

La conclusion idéale à cette nuit parfaite serait de vous recroqueviller sur vous-même et de dormir des heures durant. Or, à en croire le gourdin qui se manifeste dans le creux de votre dos – et la boîte remplie de pilules de Viagra –, Charlie n'a aucune intention d'en rester là. Ce type a sans doute encore assez d'énergie pour tenir plusieurs rounds. Après toutes ces tequilas, suivies par cette session de sexe très physique, vous ne vous sentez pas d'attaque pour remettre le couvert. Imaginer cet énorme membre en vous est tentant, toutefois trop épuisant pour être envisagé. Et tout de même, une rock star qui doit prendre du Viagra... c'est un peu naze, non ?

– Tu sais quoi ? dites-vous en vous retournant face à lui.

– Quoi ? répond-il, tout sourire et sûr de lui.

– J'ai passé une soirée incroyable mais je crois que je vais en rester là pour cette nuit. Merci pour tout.

Vous l'embrassez avec passion sur les lèvres, puis vous bondissez et vous saisissez de votre robe avant qu'il n'ait l'occasion de vous rallonger.

Il vous considère avec incrédulité :

– Tu veux dire que tu ne restes pas ?

Vous secouez la tête. Sidéré, il vous observe enfiler votre robe et chercher vos chaussures, puis récupérer votre string violet et votre soutien-gorge, que vous glissez dans votre sac à main.

– On pourrait peut-être se revoir, un de ces jours ? hasarde-t-il d'une voix qui frôle la supplique.

– Peut-être, répondez-vous en souriant mystérieusement, avant de vous diriger vers la porte de la suite.

Dans l'ascenseur, vous êtes presque obligée de vous pincer. Il est assurément temps de rentrer chez vous. Mais peut-être pourriez-vous faire un détour par le *coffee-shop* de votre quartier, pour y déguster un chocolat chaud ?

• *Pour rentrer directement chez vous, rendez-vous en page 243.*

- *Si vous décidez de vous arrêter au* coffee-shop *avant de rentrer chez vous, rendez-vous en page 268.*
- *Si vous n'avez pas vraiment envie de rentrer chez vous, rendez-vous en page 266.*

Enchaîner des tequilas avec la rock star ne vous attire pas

Vous considérez la tequila posée devant vous, dont l'odeur vous donne la nausée. Vous estimez que ce ne serait pas une bonne idée. Charlie vous regarde avec impatience. C'est alors qu'une pensée surgit dans votre esprit : vous songez à toutes les femmes qu'il a dû s'envoyer. Vous ne seriez qu'un numéro de plus, qu'une conquête supplémentaire. D'autre part, ce crétin arrogant n'a même pas encore pris la peine de vous demander votre prénom, c'est dire s'il est sûr de lui. Non. À vrai dire, il a même l'air un peu idiot. Immenses mains ou pas, il n'y a rien de moins sexy qu'une trop grande confiance en soi.

– Non merci, dites-vous, avant de vous laisser glisser de votre tabouret. Une autre fois, peut-être.

– Tu t'en vas ? articule-t-il, totalement stupéfait.

Vous hochez la tête, en vous demandant si c'est la première fois qu'une femme repousse ses avances. En effet, il donne l'impression de ne pas savoir de quelle façon réagir. Vous l'abandonnez sur son siège et, alors que vous approchez de la sortie, vous vous retournez et constatez qu'il est déjà en train de discuter avec deux blondes à qui il propose les verres de tequila délaissés. Vous esquissez un sourire, confortée dans votre décision, et quittez l'établissement pour retrouver la nuit fraîche et claire.

Mais que faire à présent ? Si seulement M. Intense n'avait pas repris sa réunion d'affaires ! Il y avait quelque chose de magnétique en lui... Vous repensez également à cette fascinante femme croisée dans les toilettes. Ce serait amusant de prendre un verre avec elle. Et si vous vous rendiez à l'exposition, afin de voir si elle y est présente ? La soirée commence à peine ; il est encore temps d'appeler un taxi.

Vous avez aussi la possibilité de rentrer chez vous et de vous amuser seule. Vous visualisez la boîte rangée dans le tiroir de votre table de chevet. Il s'agit d'un cadeau offert par deux amies à l'occasion de votre anniversaire. Elle contient un vibromasseur qui n'a encore jamais été sorti de son emballage. Ça s'appelle un... Oui, c'est ça, un Lapin. C'était censé être une blague mais vous saviez toutes que ce n'en était pas vraiment une. Vous vous consacrez tant à votre carrière professionnelle, depuis deux ans, que vos amies se sont inquiétées de vous voir subir une telle période d'abstinence.

Vous pourriez inaugurer ce gadget ce soir. Cela aurait au moins le mérite de conclure agréablement la soirée.

• *Si vous décidez d'appeler un taxi, rendez-vous en page 57.*

- *Pour vous rendre à l'exposition avant sa fermeture, rendez-vous en page 63.*
- *Si vous préférez rentrer chez vous et découvrir votre Lapin, rendez-vous en page 279.*

Vous avez décidé d'appeler un taxi

Vous consultez de nouveau votre montre. Cela fait un quart d'heure que votre taxi est commandé et vous commencez à être agacée. On vous a promis un véhicule dans les cinq minutes, qui vous font l'effet d'être les plus longues de tous les temps. Deux filles en chaussures à semelles compensées sortent en gloussant du bar et vous frôlent en titubant, bras dessus, bras dessous. En farfouillant dans votre sac à main pour vous saisir de votre portable, vous remarquez le prospectus que l'on vous a remis un peu plus tôt. Vous le sortez et observez de nouveau le visage de cette femme au regard si attirant dont vous avez fait la connaissance aux toilettes, ainsi que cet intrigant *Immaculata.* En lisant l'adresse, vous constatez qu'elle n'est située qu'à quelques rues d'ici. Vous pouvez vous y rendre à pied, même juchée sur vos hauts talons.

De l'autre côté de la rue, deux types vous sifflent.

– Ça baigne, chérie ? crie l'un d'eux, en portant

la main à son entrejambe. Je mourrais heureux si je pouvais te voir à poil !

Après les assauts du paillasson pectoral, un peu plus tôt dans la soirée, vous n'êtes pas d'humeur à subir d'autres bêtises :

– Ah oui ? Et moi, si je te voyais à poil, je mourrais de rire.

C'est avec surprise que vous les voyez baisser la tête et détaler : votre repartie n'était pas si violente, tout de même.

– Tout va bien ?

Vous levez les yeux et découvrez l'homme-montagne à la voix de basse, le garde du corps des Space Cowboys. Son intervention explique sans doute la réaction des deux crétins.

– Ah, salut. J'attends mon taxi. On m'a assuré qu'il serait là en cinq minutes, mais on dirait que les compagnies de taxis n'ont pas la même perception du temps que le reste du monde.

Il rit et s'assoit à côté de vous, sur la rambarde métallique qui longe le bâtiment.

– Vous avez donc décidé de ne pas poursuivre la soirée avec Charlie ?

– Il ne vous a quand même pas envoyé pour me faire revenir, j'espère ?

– Sûrement pas. Il ne me paie pas assez pour que je fasse ça.

– En fait, c'était sympa mais bon, ce n'est pas vraiment mon type d'homme.

– C'est mon patron mais, entre vous et moi, vous avez fait le bon choix.

– Je le crois aussi. Merci pour votre approbation.

– Je peux vous déposer chez vous, si vous voulez, propose-t-il en se levant.

– On ne va pas avoir besoin de vous à l'intérieur ?

– Non, on m'a chargé d'une course. Je peux vous conduire où vous voulez. Ils ne vont pas avoir besoin de moi avant un moment.

– Une course ?

– Oui, une course, vous voyez...

– Comme acheter de la drogue ou quelque chose comme ça ?

– J'ai l'air d'un type qui ferait ce genre de choses ?

– Eh bien...

– Je vous assure que ça n'a rien d'illégal. Vous pouvez me faire confiance, je suis un ancien flic.

– J'imagine que s'occuper des courses de rock stars paie mieux que d'embarquer des ivrognes ou de résoudre des meurtres.

– Ce boulot a ses bons côtés, dit-il, haussant les épaules.

Il pointe ensuite une télécommande en direction de la chaussée et appuie sur un bouton. Les feux d'une voiture de sport noire aux lignes épurées lui répondent en clignotant. Vous en restez bouche bée, ce qui le fait sourire.

Très près du sol, le bolide est doté de jantes en alliage et d'une peinture personnalisée dans laquelle se reflète l'enseigne lumineuse du bar.

– C'est une 350Z ?

– Vous vous y connaissez en voitures, dit-il, en acquiesçant.

– C'est l'édition spéciale *Gran Turismo*, il me

semble, non ? N'a-t-elle pas été fabriquée à seulement quelques centaines d'exemplaires ?

– Comment le savez-vous, bon sang ? s'étonne-t-il, en vous considérant avec admiration. En effet, vous avez tout juste.

– N'est-ce pas ce modèle dont la puissance a été augmentée ?

Il est à présent vraiment stupéfait. C'est amusant, songez-vous, tâchant de ressortir d'autres détails concernant ce modèle de voiture. Inutile de lui préciser que vous n'avez reconnu celle-ci que parce qu'un de vos ex, fan de « Turbo », passait des milliers d'heures à fantasmer sur les voitures de sport.

– J'aimerais bien que ce soit la mienne, dit le garde du corps. Heureusement, Charlie est généralement trop bourré pour la conduire, ce qui me permet d'en prendre souvent le volant. (C'est alors que son portable sonne.) Il faut que je réponde. Ça prendra à peine une minute ; je vous conduis ensuite où vous voulez.

Il s'éloigne quelque peu, afin de s'octroyer un peu d'intimité.

Vous vous imaginez déjà filer dans les rues, fendant la nuit à bord de cette splendide voiture, sans compter que ce type n'est pas mal du tout. Malgré sa corpulence, il fait à coup sûr de la musculation, à en juger son corps qui vous semble dépourvu du moindre gramme de graisse.

Un taxi s'arrête devant vous et vous tire de vos pensées ; le chauffeur en sort et se penche sur le toit du véhicule.

– Enfin ! lui lancez-vous, les mains sur les hanches. C'étaient les cinq minutes les plus longues du monde !

Il baisse les yeux sur une note qu'il tient dans la main.

– Monsieur Cornetto ? hasarde-t-il, l'air embarrassé.

– Non ! Je vous ai appelé il y a presque une demiheure. On m'a dit que vous seriez là en cinq minutes !

– Désolé, mais ce taxi est pour M. Cornetto.

– Je pense que c'est moi que vous cherchez, intervient une voix derrière vous.

Vous vous retournez, prête à affronter quiconque tente de vous voler votre taxi, et restez interdite en reconnaissant l'homme aux cheveux poivre et sel sexy qui vous a précédemment tirée des griffes du paillasson pectoral. Ce type de qui émane une senteur boisée mêlée à une odeur de cuir, et qui pourrait tout à fait concurrencer George Clooney. Miles, c'est bien ça ?

– Oh, c'est vous, dites-vous, avant de rougir de honte.

À ce rythme, votre finesse d'esprit va le tuer.

– Tout va bien ? vous demande-t-il, en considérant le chauffeur de taxi.

– Oui. J'attends un taxi mais celui-ci n'est pas pour moi.

– Eh bien, il n'y a pas de raison qu'il ne le devienne pas. Et si nous le partagions ?

– Non, je ne veux pas m'imposer. Tout va bien, je vous assure. (Vous désignez le garde du corps, qui semble se disputer avec son interlocuteur.) Il m'a également proposé de me déposer, sans compter que vous m'avez déjà aidée ce soir.

– Vous êtes sûre ? Votre ami paraît occupé.

Il est si séduisant que vous devez fournir un effort pour ne pas le dévisager. Vous baissez la tête et vous apercevez que vous tenez toujours en main le prospectus d'*Immaculata*. Vos pensées se mettent à bourdonner ; vous devez prendre une décision.

- *Si vous optez pour l'exposition, rendez-vous en page 63.*
- *Si vous décidez de partager un taxi avec le type aux airs de George Clooney, rendez-vous en page 120.*
- *Si vous préférez que le garde du corps vous raccompagne chez vous en voiture de sport, rendez-vous en page 183.*

Vous avez décidé de vous rendre à l'exposition

À l'entrée de la galerie, la photo du prospectus est reproduite en un poster géant, avec le mot *Immaculata* plaqué sur toute la largeur du cliché. Pas de doute, vous êtes au bon endroit.

Vous vous dirigez vers la salle d'exposition où vous êtes frappée par l'éclairage réduit, intimiste, qui règne là. Les spots plus lumineux sont réservés aux saisissantes photos exposées. L'endroit n'est pas bondé mais tout de même assez fréquenté. De petits groupes de personnes discutent, ici et là, buvant du vin pétillant et appréciant les œuvres d'art.

Vous vous approchez du premier cliché : une version moderne et en photo de ces tableaux de fleurs riches en couleurs peints par Georgia O'Keeffe – ceux qui ont l'air de vagins. L'éclosion que vous observez, rose chair, y ressemble d'ailleurs à s'y méprendre. Vous l'examinez de plus près et manquez de pousser un cri : vous n'êtes pas en train d'admirer une fleur mais bien un authentique vagin. Vous regardez autour de vous, afin de déterminer si d'autres personnes s'en sont aperçues et si elles sont aussi décontenancées que vous, puis vous tendez de nouveau le cou, fascinée malgré vous. Ouaip, c'est bien un minou, là, sur le mur.

Peut-être vous trompez-vous ? Peut-être avez-vous l'esprit mal tourné ? Vous passez sans tarder à la photographie suivante. Oh, mon Dieu. Cette fois, il est question d'un bassin de femme dénudée de la taille aux cuisses. Le modèle est assis, penché en arrière, détendu, les jambes à demi ouvertes, séparées par un épais buisson noir brillant, et une main posée avec désinvolture sur l'intérieur d'une cuisse. Vous avalez votre salive, mais vous devez bien admettre que cette pose est à la fois naturelle et forte.

Les clichés suivants, dont les couleurs saturées accentuent l'effet luisant de la peau, sont autant de variations sur le même thème. Certains sont des gros plans si rapprochés que l'on peut distinguer le grain de la peau et le duvet sur le ventre, tandis que d'autres sont si flous qu'ils évoquent des roses ou des lis de la tendance impressionniste ; et cela dans toutes les nuances d'écarlate, de rose, de moka et de bordeaux.

Enfin, vous êtes devant une vue d'ensemble qui dévoile la majeure partie du bas du corps. Le modèle est allongé sur le dos, sur un lit dont les draps sont froissés, les jambes écartées et son sexe rose niché au creux d'épais poils noirs. Le ventre, légèrement bombé, et un unique sein, le téton dressé, se déploient à l'arrière-plan. Cela n'a rien de pornographique. Il y a, au contraire, quelque chose d'intime, de presque déférent, dans la façon dont ce corps est présenté.

Vous portez la main à la gorge et constatez avec surprise que vous transpirez un peu.

Vous êtes toujours occupée à contempler les photos quand une main vous effleure le bras.

– Ça vous plaît ? vous susurre quelqu'un à l'oreille.

Il s'agit de la femme rencontrée dans les toilettes du bar et dont le visage est représenté en poster à l'entrée.

– Oh, bonsoir ! Euh... oui, très original, bégayez-vous. Vous êtes l'artiste ? Enfin, la photographe ? N'avez-vous pas eu de mal à convaincre ces modèles de... euh... de poser ?

Vous avez pleinement conscience de bafouiller mais cette femme vous trouble. Elle lâche un rire de fumeuse :

– Pas vraiment. En vérité, à en croire la rumeur, il a été très agréable de travailler avec ce modèle-ci.

Vous voyant perplexe, elle vous invite, d'une main dans le creux de votre dos, à vous tourner vers une autre photographie, accrochée dans un coin. Vous écarquillez les yeux, ébahie : c'est elle ! Elle y est entièrement nue, on voit tout, mais absolument tout. Sur ce cliché, elle regarde fièrement l'objectif, le cou bien droit, habillée d'une unique croix en argent nichée entre ses seins qui défient la loi de la gravité. Elle est assise, une jambe détendue et l'autre posée sur le bras du canapé. Vous en restez muette. Vous luttez péniblement et parvenez finalement à articuler :

– C'est vous, Immaculata ?

– C'est le prénom que m'a donné ma mère. Mais mes amis m'appellent Mac.

En vous retournant vers elle – car il vous faut absolument cesser de regarder ce qui est exposé sur le mur –, vous remarquez que ses boucles d'oreilles à pendeloques se terminent par de minuscules crânes en argent et en jais.

– Alors, qu'en pensez-vous ? vous demande-t-elle.

Cette question vous incite à reposer les yeux sur les photos incroyablement intimes, dont certaines approchent les deux mètres de hauteur.

– Elles sont... elles sont... C'est quelque chose ! bégayez-vous. Je n'ai jamais rien vu qui ressemble à ça.

– Merci, répond-elle, en toute simplicité. Moi aussi, je les apprécie beaucoup.

– Je trouve que c'est vraiment audacieux de votre part de vous exposer de cette façon. Je ne sais pas si j'en serais capable.

– Pourquoi pas ?

Lorsqu'elle vous dévisage, vous avez la sensation qu'il n'y a que vous dans la pièce.

– Je ne sais pas. C'est si... si... intime, j'imagine.

– Intime, c'est vrai, mais aussi libérateur. Pour tout vous dire, j'ai eu la sensation de lâcher les vannes.

– Vous n'avez jamais été intimidée, ou gênée ?

– Pas le moins du monde. Cat a rendu les choses si faciles.

– Cat ?

– La photographe. Elle travaille avec Jan Kollwitz. Il est plus connu qu'elle mais, d'après lui, Cat sera une sérieuse concurrente d'ici quelques années.

Elle s'adresse à vous comme si vous saviez exactement de qui elle parlait, et le nom de ce Jan vous dit, en effet, vaguement quelque chose.

– Ils doivent être dans les environs, poursuit-elle. Oh, regardez ! Quand on parle du loup !

Mac lève la main avec grâce et fait signe au couple qui se trouve à l'autre bout de la pièce. Cernée par des admirateurs, la femme reçoit des compliments et des bises à n'en plus finir, tandis que son compagnon, en retrait, sourit fièrement. S'il n'est pas d'une beauté conventionnelle, avec son profil taillé à la serpe et ses yeux enfoncés, il est assurément séduisant, un peu antihéros. Décontracté, il porte un jean et un pull gris ras du cou. Quant à la photographe, elle est plus jeune que lui. Les cheveux brillants coupés en carré plongeant, elle est simplement vêtue d'une tunique de soie gris perle passée par-dessus un jean noir moulant et chaussée de ballerines en tissu à motif imprimé. Elle ne cesse de se tourner vers lui, riant et lui tapotant le bras.

– Ils forment un beau couple, estimez-vous, ce qui déclenche un nouvel éclat de rire de Mac.

– Oh, que c'est drôle ! Tout le monde commet la même erreur.

– Qu'y a-t-il de si amusant ? demandez-vous, déconcertée.

– Cat est gay et Jan est tout ce qu'il y a de plus hétéro. Quoi qu'il en soit, Jan est le directeur d'études de Cat. Il la guide depuis un bon moment maintenant, et elle l'assiste sur beaucoup de ses shootings. Cette exposition est, en réalité, pour Cat l'examen final de son master en beaux-arts.

Vous avez à peine le temps de mettre de l'ordre dans vos pensées ; Cat vous rejoint, suivie de Jan.

– Oh, merci mille fois, dit-elle, étreignant Mac. J'ai cru que jamais je ne me sortirais de cette conversation !

– Félicitations pour l'exposition, intervenez-vous.

Cat vous sourit :

– Nous ne savons pas encore si mes examinateurs vont avoir une crise cardiaque collective ou me donner la meilleure note.

Mac sourit de nouveau, ce qui soulève le grain de beauté suggestif sur sa joue.

– Mon amie me demandait quel effet ça me fait de me dévoiler. Pour ma part, j'aurais plutôt tendance à le recommander.

– Que tu sois danseuse, et donc naturellement exhibitionniste, aide beaucoup, la taquine Cat, avant de se tourner vers vous. Mac est une amie de longue date. Je voulais créer quelque chose d'expérimental et nous avions ce projet en tête depuis un bon moment. Elle voulait... se lâcher. Mais c'est Jan le véritable expert quand il s'agit de photographier le corps féminin.

– Tu exagères, dit Jan, l'air confus, ce qui vous fait l'apprécier davantage.

– Si ça vous intéresse, vous devriez essayer, vous suggère Cat.

– On ne sait jamais, vous pourriez adorer ça, ajoute Mac, provocante et espiègle. Ne me dites pas que vous n'êtes pas au moins un peu tentée ?

D'instinct, vous secouez la tête.

– Sérieusement, je pense que vous feriez un très

bon modèle, renchérit Cat, pensive. (Les voir tous les trois vous dévorer des yeux vous noue l'estomac.) Jan, ne conviendrait-elle pas parfaitement pour la série en noir et blanc sur laquelle tu travailles en ce moment ? Regarde un peu son grain de peau !

– Ohé ! Je suis là ! lâchez-vous, aussi troublée que flattée, ce qui fait rire Cat.

– Écoutez, je dois vous laisser, dit-elle. J'ai des gens à voir et des mécènes à séduire. Mac, viens donc m'aider, je vais avoir besoin de ton soutien. Jan, pourquoi ne décrirais-tu pas plus en détail ton projet à cette charmante jeune femme ?

Sur ces mots, Cat vous quitte, appelée par un petit groupe d'admirateurs enthousiastes.

Mac pose ses doigts frais sur votre poignet :

– Vous devriez vraiment y réfléchir, *chica.* J'aimerais beaucoup en découvrir davantage sur vous…

Puis elle rejoint Cat. S'ensuit un silence que Jan ne semble pas décidé à rompre, occupé à faire glisser lentement son regard sur votre visage et sur votre corps, comme s'il cherchait à en mémoriser les moindres détails. Bien qu'embarrassée, vous vous rendez compte qu'être ainsi l'objet d'une attention si intense a quelque chose de curieusement excitant. Les secondes s'écoulent, tandis que vous cherchez quelque chose à dire.

Jan vous devance, ayant visiblement pris une décision :

– Cat a raison. Vous feriez un excellent modèle. La courbe de votre cou se prolonge harmonieusement avec vos épaules... (Il vous considère encore un moment.) Seriez-vous intéressée ?

– Oh non, je ne... enfin, je ne pourrais pas...

– Parce que si c'est le cas, j'aimerais beaucoup vous photographier.

– Vraiment ?

– Bien sûr. Pas exactement comme ceci, évidemment. (Il désigne les clichés de nus suspendus aux murs.) Cette exposition correspond au style de Cat. Quant à moi, je travaille actuellement sur une série quelque peu similaire, j'imagine, mais le rendu et le grain des photos seront différents. Il s'agit d'une étude des différentes parties du corps.

– Ah oui ?

– Comme le cou, par exemple.

– Le cou ? répétez-vous comme un perroquet.

Vous passez la main sur le vôtre, ce qui vous donne le sentiment d'être un peu idiote.

– De mon point de vue, il est possible d'obtenir un résultat encore plus suggestif lorsque l'on délaisse les parties érotiques évidentes du corps. La ligne du cou, l'intérieur du coude ou le creux séparant les orteils peuvent être beaucoup plus sensuels que les organes sexuels. Vous voyez ce que je veux dire ?

Vous hochez vaguement la tête.

– C'est peut-être dû à la forme courbée de la clavicule, ou à la tension que l'on trouve sur le mollet, poursuit-il. Ainsi qu'au fait que toutes ces parties du corps ne sont que rarement touchées. Ces points ne sont que très peu exposés au soleil ; c'est là que la peau est la plus douce. Comme ici, par exemple...

Il vous prend la main et vous retourne le bras, puis il fait courir son pouce dans le creux du coude, vous faisant frissonner au passage.

– C'est cela qui me fascine, conclut-il en baissant le ton, de sa voix légèrement râpeuse.

Il secoue la tête et sort de sa rêverie, comme s'il s'entendait pour la première fois.

– Désolé, dit-il, souriant, comme pour se moquer de lui-même.

À vos yeux, cette étonnante réaction transforme instantanément cet artiste passionné en un homme beaucoup plus abordable.

– Il m'arrive parfois de me laisser entraîner par les mots, explique-t-il. Ils ont dû vous faire l'effet de bêtises prétentieuses. En vérité, je suis plus à l'aise derrière l'objectif.

– Non, c'est vraiment intéressant. Je n'avais jamais envisagé les choses sous cet angle.

Il a raison, il y a quelque chose d'érotique dans ces parties du corps si souvent négligées.

– Alors, qu'en dites-vous ? Me permettriez-vous de vous photographier ?

Par réflexe, vous secouez la tête :

– Oh, je ne sais pas. Enfin, je ne suis pas sûre que...

– Ce ne seraient pas des nus, vous porteriez un peignoir. Et je ne prendrais des photos qu'au-dessus de cette ligne. (Il porte sa main à hauteur de la poitrine.) Peut-être aussi d'un bras ou de l'arrière d'une jambe, si vous êtes d'accord.

Vous vous éclaircissez la gorge, intriguée et flattée à l'idée d'être photographiée par cet homme. Cela peut être amusant tant que personne ne sait que c'est vous devant l'objectif. Et si vous n'êtes pas contrainte de vous dénuder, ce ne sera pas trop gênant. Ce n'est pas tous les jours qu'un célèbre artiste vous propose d'être son modèle.

Vous pourriez demander à Melissa de vous accompagner. Elle trouverait certainement cela très amusant. Vous pourrez toujours poliment décliner cette offre, si vous changez d'avis par la suite.

– Bien sûr, pourquoi pas ?

– Génial ! Ce sera fantastique. Allons-y.

– Quoi, *maintenant* ? glapissez-vous.

– Pourquoi pas ? J'ai vraiment envie de filer d'ici. Il y a là-bas un critique d'art qui rêve de me tuer d'ennui avec sa conversation insipide.

– Attendez une seconde. Qu'est-ce qui me dit que vous n'êtes pas un tueur en série qui va poster les photos de mon cadavre démembré sur Facebook ? Où comptez-vous m'amener ?

Il se met à rire :

– Demandons à Cat de nous accompagner, quand elle aura fait le tour des personnes présentes, si ça peut vous rassurer. De toute façon, j'ai besoin de son aide pour tronçonner mes cadavres.

Touché par l'air que vous prenez, il sort son portefeuille et vous tend sa carte professionnelle. Sous son nom, *Kollwitz*, est inscrit un numéro de portable, ainsi que l'adresse d'un studio. Sauf erreur de votre part, cet endroit est situé au coin de la rue.

Vous retournez la carte de visite et découvrez au dos un portrait d'Angel Dean que vous reconnaissez ; c'est une version noir et blanc de la couverture du *Cosmo*, paru il y a deux mois.

– C'est vous qui avez pris cette photo ? (Jan acquiesce.) Vous plaisantez ? Si vous avez l'habitude de ce genre de modèles, pourquoi voulez-vous de *moi*, bon sang ?

– Et pourquoi pas, bon sang ?

Vous le dévisagez, le cœur battant. Allez-vous accepter sa proposition ? Vous parcourez la galerie du regard, à la recherche de Mac et Cat. Peut-être devriez-vous rester ici un peu plus longtemps et vous intéresser aux autres photographies. Cela dit, vous vous trouvez en terrain complètement inconnu. Peut-être vaudrait-il mieux retourner au bar pour un dernier verre ; et un nouveau coup d'œil sur ce très séduisant barman.

• *Si vous décidez de suivre le photographe, rendez-vous en page 74.*
• *Si vous préférez décliner sa proposition et rester à la galerie, rendez-vous en page 99.*
• *Si vous choisissez de regagner le bar, rendez-vous en page 209.*

Vous avez décidé de suivre le photographe

Vous patientez dans l'obscurité, à l'entrée du studio, tandis que Jan débranche l'alarme et allume deux spots. Votre cœur bat à tout rompre à un rythme endiablé de musique techno. Ce n'est pas tout à fait un inconnu, vous rappelez-vous. Il est impossible que ce soit un tueur en série ; c'est un célèbre photographe professionnel qui a photographié Angel Dean, tout de même ! Et cette fille est encore vivante, c'est une certitude. Ultramaigre mais vivante.

Les autres lumières s'allument, peu à peu, hésitantes, vous révélant un vaste espace dégagé et haut de plafond. Sur un côté est disposé un salon rétro en cuir et en bois. Les fauteuils massifs, de style années soixante, sont pourvus d'accoudoirs qui se recourbent et se prolongent en tablettes incorporées.

Le studio comprend, par ailleurs, plusieurs pièces dans le fond, apparemment un bureau, une minuscule cuisine, une salle de bains et une chambre noire.

Un pan de mur entier n'est qu'une courbe totalement blanche qui s'élève jusqu'au plafond.

En visitant les lieux, vous apercevez une Harley-Davidson de collection, rangée dans un coin peu éclairé. Noire et chargée de chromes, elle semble avoir vécu et ne brille plus vraiment.

– C'est votre moto ? Elle est fantastique.

Occupé sur un plan de travail couvert de matériel photographique – posemètres, objectifs, caches, câbles et cartes mémoire, ainsi que plusieurs appareils photo –, Jan lève la tête :

– Ce n'est qu'un accessoire.

Vous poursuivez votre découverte du studio, tâchant de ne pas penser à ce qui vous attend. Vous vous retrouvez devant un bureau couvert de clichés et de planches-contacts. Vous laissez votre regard s'attarder sur deux photos sur lesquelles figure un groupe d'imposants Hells Angels, entourant une grande et superbe femme qui se prélasse sur la moto que vous venez d'admirer. Cette personne ne vous est pas inconnue. Loin de là, même...

– Ça alors ! C'est Alex Khan ?

– Oui. C'était pour la couverture de *The Face*, vous répond Jan, sans donner une seconde l'impression de se vanter. Ces photos ne sont pas mal mais, si je devais les refaire, je modifierais quelques détails.

– Waouh. Et elle, comment est-elle ?

– C'est un régal de travailler avec elle. C'est une véritable pro.

Vous acquiescez, le cœur battant toujours la chamade. Une véritable pro. Évidemment. Et voilà que vous débarquez, vous qui êtes tout sauf une pro.

Dans quoi vous êtes-vous lancée ? Jamais vous ne serez à la hauteur d'Alex Khan. À tous les coups, il va ensuite vous révéler qu'il est très ami avec Anna Wintour, la patronne de *Vogue*. Jan appuie sur une télécommande : un morceau velouté et funky emplit le studio.

– Du vin ? vous propose-t-il.

– Oh oui, merci.

Il disparaît dans la cuisine, où vous entendez un bouchon sauter. Il revient, quelques secondes plus tard, chargé de deux verres de vin rouge à moitié remplis.

Vous trinquez et vous avalez une gorgée. Délicieux. Rien qu'au goût, vous devinez que ce vin n'est pas donné.

Jan se dirige vers le poste de travail, où il choisit un appareil photo volumineux, à l'allure démodée si on le compare à toute la technologie qui l'entoure.

– Faisons ça à l'ancienne, dit-il. Oublions le numérique, je vais prendre une véritable pellicule. Du noir et blanc, grand format.

Vous vous octroyez une nouvelle gorgée de vin :

– Comment allons-nous procéder ?

– Eh bien, si vous êtes toujours d'accord, il y a deux peignoirs dans le placard de la salle de bains. Bien sûr, nous ne sommes pas obligés de prendre la moindre photo qui vous mettrait mal à l'aise.

Vous vous mordillez un doigt, hésitante. Vous tenez une chance d'être photographiée par un professionnel qui a travaillé avec les top models les plus célèbres du monde. Mais vous n'êtes pas un mannequin ; peut-être devriez-vous retourner à la galerie et dire à Mac que vous n'êtes pas faite pour être la muse d'un photographe. Ou peut-être, après toute cette fièvre, avez-vous besoin de prendre tranquillement un verre au bar.

- *Pour rester au studio et vous lancer, rendez-vous en page 78.*
- *Si vous estimez que vous n'êtes pas faite pour poser et préférez regagner la galerie, rendez-vous en page 99.*
- *Si vous choisissez de retourner au bar, rendez-vous en page 209.*

Vous restez au studio, décidée à vous lancer

À l'image du reste du studio, la salle de bains est spacieuse et aménagée avec goût. Une méridienne est disposée contre le mur, non loin d'une douche, des toilettes, un lavabo et une armoire rétro. L'élégant lustre noir suspendu au plafond est le seul objet de la pièce qui ne soit pas blanc. Vous avez toujours rêvé d'avoir un lustre dans votre salle de bains.

Vous découvrez dans le placard des serviettes et deux peignoirs blancs pliés. Vous en sortez un, que vous humez longuement. Du tissu incroyablement doux émane une odeur fraîche et propre nuancée de senteurs océaniques.

Vous faites passer votre robe par-dessus la tête, puis vous dégrafez votre soutien-gorge. Vous vous placez ensuite devant le miroir et vous couvrez les seins des bras, tout en vous demandant que penser de cette situation. Vous vous rendez alors compte que vous êtes non seulement nerveuse et enthousiaste, mais également légèrement excitée. L'idée d'être photographiée par cet inconnu a quelque chose d'étrangement sexy. Ce genre de fantaisie vous ressemble si peu qu'elle ne vous en paraît que plus audacieuse. D'autant plus que ce type a photographié des femmes parmi les plus mythiques de la planète. Vous n'avez qu'une hâte : tout raconter à Melissa.

Vous prenez une profonde inspiration, puis vous vous évaluez de nouveau dans le miroir, faisant de votre mieux pour ne pas tenir compte des défauts qui vous sautent aux yeux. Vous vous rappelez que c'est son assurance et la façon dont elle s'offre totalement à l'objectif qui rendent les clichés de Mac si érotiques.

Enhardie, vous ôtez votre string violet en dentelle et enfilez le peignoir. Le tissu est si léger que vous avez presque l'impression de ne rien porter. Jan n'a pas besoin de savoir que vous êtes nue en dessous. Avoir votre petit secret vous plaît. Vous attachez sans la serrer la ceinture autour de votre taille, après quoi vous baissez les yeux sur vos talons aiguilles ; vous ne garderez rien d'autre de vos effets.

Dans le studio, Jan, qui a orienté deux spots vers le mur courbé, est à présent occupé à régler l'appareil photo, de ses longs doigts chargés de bagues. Vous vous approchez lentement de lui, quelque peu nerveuse.

Jan lève la tête et vous adresse un sourire chaleureux :

– Je suis prêt dans une seconde. Mettez-vous à l'aise.

Vous vous dirigez vers le tabouret de bar en cuir noir qu'il a disposé au centre du mur blanc. Vous hésitez un instant avant de vous y installer, rabattant le bas du peignoir sur vos genoux et en refermant le décolleté.

Enfin prêt, Jan vous rejoint :

– Je pensais commencer par quelques prises de votre cou, d'ici à là.

Il désigne, sur lui, la zone délimitée du haut de la poitrine au menton. Vous hochez la tête, cherchant à paraître professionnelle.

Jan vous donne à mi-voix quelques instructions et vous aide à prendre la pose ; vous tendez le cou au maximum, le menton tourné de façon un peu gênante, même s'il vous assure que tout paraît naturel à travers l'objectif.

Il se déplace par petits pas et tourne autour de vous comme un coiffeur. Il commence par prendre quelques photos avec un appareil numérique, afin de tester l'éclairage.

– Tenez, regardez. Qu'en pensez-vous ?

Il se penche à côté de vous et fait défiler quelques clichés en noir et blanc, de très gros plans pour la plupart. Certains vous ébranlent un peu mais la beauté artistique de l'ensemble vous subjugue. Ici, la courbe de votre clavicule, et là, la rondeur de votre épaule. Il a raison : même le dessous du menton peut se révéler sexy s'il est cadré et photographié avec talent.

Vos pensées s'égarent lorsque vos corps s'effleurent. Par chance, il est si concentré sur son travail qu'il ne se rend manifestement pas compte de l'effet qu'il produit sur vous. Peut-être est-ce votre secret, être nue sous le peignoir, qui vous procure une certaine chaleur dont l'effet humide se ressent entre vos cuisses. Vous serrez les genoux afin de dissimuler leur vague tremblement.

Sur les clichés que vous avez vus jusqu'à présent, on voit le col du peignoir, sur vos épaules. Pour remédier à cela, vous le faites légèrement glisser, le gardant chastement plaqué sur la poitrine.

Après avoir pris deux autres photos avec l'appareil numérique, Jan modifie l'éclairage. Vous le suivez du regard, tandis qu'il évolue dans le studio, vif et habile. Le photographe règle une mise au point, songez-vous, réprimant un gloussement.

Enfin satisfait, il se saisit de son appareil démodé et vous reprenez la pose. Les genoux collés, vous accrochez vos talons au barreau inférieur du tabouret. Chaque fois que Jan appuie sur le déclencheur, vous entendez le bruit du flash et le cliquetis de l'appareil. Sous les spots, vous avez chaud, cependant cette sensation n'est pas désagréable. Très vite, vous vous habituez à votre rôle de modèle, suivant les instructions de Jan, tournant le cou d'un côté ou modifiant l'inclinaison du menton. L'appareil photo vous fait l'effet d'une barrière derrière laquelle il vous observe, ou plutôt vous capture. Le doux fond musical et le bruit du flash contribuent à vous détendre ; vous commencez même à vous sentir plus à l'aise.

Il y a, par ailleurs, quelque chose d'excitant à être l'objet de l'attention d'un tel talent. Jan fait à la fois preuve d'une proximité presque intime et d'une certaine distance.

Au bout d'un moment, il s'interrompt et baisse son appareil pour vous regarder directement. Il s'approche de vous et écarte quelques mèches de cheveux de votre visage. Vous vous redressez et retenez votre respiration lorsque ses doigts effleurent votre joue. Vos tétons se durcissent instantanément. Vous serrez les cuisses sur votre sexe humide. A-t-il produit le même effet sur Alex Khan et Angel Dean ?

Enfin, il s'écarte et colle de nouveau l'œil à l'appareil photo. Dans un soudain accès de courage, vous baissez les bras. Le peignoir glisse, entraînant la ceinture avec lui. Vous sentez le tissu caresser votre peau, puis il se pose en douceur à vos pieds. Au passage, le satin frôle vos tétons, qui se dressent davantage.

Jan enchaîne les prises de vue, comme si de rien n'était. Vos battements de cœur résonnent si fort dans vos oreilles que vous doutez de votre capacité à entendre ses paroles s'il venait à vous parler. De plus en plus entreprenante, vous changez de position et écartez les jambes, gardant toutefois les mains devant vous, sur le tabouret, afin de ne pas vous dévoiler à l'objectif.

Le flash crépite chaque fois que Jan appuie sur le déclencheur. Vous avalez péniblement votre salive et, après avoir profondément inspiré, vous retirez vos mains du tabouret. Les bras dans le dos, vous vous cambrez et vous offrez complètement nue au photographe. Vous êtes certaine que l'on peut voir, à travers l'objectif, combien vous êtes humide entre les cuisses, ce qui augmente encore votre excitation.

Vous n'avez pas la moindre idée du temps pendant lequel vous restez ainsi, évoluant d'une pose à l'autre en changeant légèrement de position. Les minutes vous semblent s'étirer.

– Plus de pellicule, dit soudain Jan.

Il ramasse le peignoir et vous le tend ; vous l'enfilez et descendez du tabouret.

– Nous avons de très belles photos, poursuit-il, ravi. L'objectif vous adore !

Vous ne savez pas quoi répondre. Vos veines sont chargées de tant d'adrénaline que vous êtes incapable d'articuler un seul mot.

– Qu'en avez-vous pensé ? insiste-t-il.

– Incroyable... balbutiez-vous, luttant pour reprendre le contrôle de vous-même.

– Pas si terrible que vous le craigniez ?

– Loin de là.

– Voulez-vous voir ce que donnent ces photos ?

– Bien sûr, mais comment ?

– Il y a ici une chambre noire ; nous pouvons les développer tout de suite. À moins que vous n'ayez hâte de partir d'ici ?

Vous prenez une minute pour réfléchir. Avez-vous vraiment envie de découvrir le tirage de ces photos ? Vous êtes, un bref instant, en proie aux doutes et à une certaine gêne. L'audace dont vous avez fait preuve vous stupéfie ; vous avez si facilement laissé tomber le peignoir et vous êtes dévoilée dans toute votre nudité. Peut-être vaut-il mieux que vous ne voyiez jamais ces clichés. D'un autre côté, l'idée de vous rendre dans une pièce plongée dans l'obscurité en compagnie de Jan est assez alléchante.

Attendez. Cette expérience vous a paru si irréelle que pas un moment vous n'avez songé que des photos de vous nue risquaient d'être diffusées. Et si elles étaient rendues publiques ? Vous envisagez l'espace d'un instant de vous saisir de l'appareil photo et de vous ruer vers la sortie. Avoir recours à un vol qualifié est cependant une solution plutôt extrême, tout comme le fait de prendre la fuite uniquement vêtue d'un peignoir chapardé et chaussée de talons aiguilles. Si les photos vous déplaisent, vous convaincrez certainement Jan de vous remettre les négatifs ou, mieux, de les détruire. Ce type semble raisonnable.

Avez-vous intérêt à jeter un coup d'œil à ces clichés, pour ensuite réfléchir à la façon de régler le problème, ou vaut-il mieux rester dans l'ignorance à ce sujet ? Dans ce cas, vous feriez sans doute mieux d'enfiler vos vêtements et de retourner à la galerie où vous pourrez regarder tout votre soûl, sans être observée. Mais qu'allez-vous faire de la chaleur qui est montée en vous ? Il y a toujours le Lapin qui vous attend chez vous...

- *Pour rester au studio et découvrir les photos, rendez-vous en page 85.*
- *Si vous préférez retourner à l'exposition, rendez-vous en page 99.*
- *Pour rentrer chez vous et retrouver le Lapin, rendez-vous en page 279.*

Vous avez décidé de découvrir les photos au studio

Une forte odeur de produits chimiques règne dans la minuscule chambre noire installée au fond du studio. Sur deux pans de mur sont fixés à hauteur de taille des plans de travail encombrés de matériel de développement, de bacs et de flacons. Un câble est tendu, déjà pourvu de pinces à linge afin d'y suspendre les épreuves.

Juste à côté de vous, Jan manipule de grands récipients en plastique avec l'assurance due à une vieille habitude et verse divers produits chimiques dans trois bacs disposés côte à côte. Comparer son langage corporel, tout en détente, avec la gêne qu'il éprouvait précédemment dans la galerie, quand il devait se montrer sociable, vous donne la sensation d'avoir affaire à un tout autre individu.

– Chaque bac correspond à une étape du processus, explique-t-il, sans cesser de s'activer. Le premier contient le révélateur, le deuxième, le bain d'arrêt et le dernier, le fixateur. En photo, tout est question d'éclairage. Lors de la prise de vue, il doit être parfait, et quand on développe les négatifs, toute source lumineuse est à proscrire. Si le moindre éclairage se produit pendant cette opération, c'est la catastrophe.

Ses préparatifs achevés, il éteint la lumière. La pièce est ainsi plongée dans l'obscurité alors qu'un éclairage de secours baigne les lieux d'une douce lueur rougeâtre.

Jan insère le rouleau de négatifs dans un gros appareil disposé de l'autre côté du plan de travail. Quand la pellicule est traitée, il sort de l'engin un paquet de papier photographique, dont il retire une feuille avec soin. Dans cette ambiance rougeoyante, son visage concentré lui confère un air mystérieux.

Il n'y a pas de musique dans cette pièce aux allures de crypte ; vous ne percevez rien d'autre que la respiration de Jan, lente et régulière, tandis que la vôtre est légèrement plus rythmée.

Il glisse la feuille de papier photographique dans le fluide révélateur, remue doucement le bac, dont il soulève tour à tour chaque côté. Il garde en permanence un œil sur l'horloge numérique géante fixée au mur et dont les chiffres fluorescents défilent avec les secondes.

Le moment venu, il retire avec une paire de pinces la feuille du bac rempli de révélateur. Il la laisse s'égoutter et sécher deux secondes pour la plonger ensuite dans le deuxième bac, qu'il remue comme le précédent, afin de s'assurer qu'elle soit uniformément recouverte par la solution ; le tout sans quitter l'horloge des yeux. Il se tourne un instant vers vous en souriant.

– Regardez... murmure-t-il.

Vous vous penchez devant lui ; une image se forme lentement sur le papier. Le souffle court, vous la voyez se préciser. Il s'agit d'un très gros plan en noir et blanc d'un de vos seins. Vous reconnaissez la minuscule tache de rousseur, à droite de votre téton dressé et durci, tandis que l'aréole est couverte d'une légère chair de poule.

Vous sentez aussitôt le bout de vos seins imiter l'image qui se développe sous vos yeux. Vous ne pouvez vous empêcher d'attraper et de serrer le bras de Jan.

– Oh, mon Dieu... C'est moi !

– Magnifique, n'est-ce pas ? dit Jan, le sourire aux lèvres.

Pour finir, il retire la feuille du dernier bac et procède au lavage de l'épreuve, qu'il suspend au câble à l'aide de deux pinces à linge.

Vous êtes incapable de quitter le tirage des yeux. Vous n'aviez jusqu'à présent considéré vos seins que dans le miroir ou vus d'en haut, jamais ainsi, de façon si artistique, si détaillée. Ce cliché est vaguement surréaliste, en particulier sous cet éclairage rougeâtre.

Alors que vous contemplez encore ce premier tirage, Jan prépare le négatif suivant en reproduisant l'opération dans les trois bacs. Comme précédemment, vous n'entendez plus que vos deux respirations. Il vous semble que celle de Jan s'est un peu accélérée, à moins que ce ne soit l'effet de votre imagination.

Vous laissez échapper un hoquet de surprise lorsque la deuxième image apparaît. Cette fois, il s'agit d'un gros plan de votre cou. La clavicule forme un angle marqué tandis qu'une minuscule perle de sueur est nichée dans son creux, juste en dessous. Le cou, long et majestueux, s'élève en décrivant une arche, jusqu'à la courbure du menton, en haut du cliché.

– C'est, selon moi, la partie la plus sensuelle de votre corps, dit Jan, en vous voyant contempler l'image qui se forme.

Vous portez votre main à votre cou et faites courir vos doigts sur votre peau, chaude et vibrant au rythme de votre pouls.

– Vraiment ?

– Absolument, confirme-t-il. Juste ici.

Il pose une main hésitante sur votre poitrine, puis il fait glisser son pouce orné d'une bague jusqu'à la saillie formée par la clavicule, avant de le plonger dans le creux qui se présente au-delà.

Vous baissez les bras, laissant ainsi retomber les côtés du peignoir ; vous vous retrouvez donc près de lui, sous cet éclairage rouge foncé, avec pour seuls vêtements vos talons et un peignoir largement ouvert. Comme dans un rêve, Jan laisse sa main glisser vers le bas, puis sur le côté, effleurant à peine votre sein au passage.

– Merde, mon tirage ! s'exclame-t-il, se tournant vers l'horloge, avant de se retourner d'un bond vers ses bacs.

Il essuie l'épreuve, presque surexposée, et la suspend à côté du cliché de votre sein.

– C'était juste, dit-il, retournant à son travail.

Bien que déçue qu'il ait cessé de vous toucher, vous êtes impatiente de voir le reste des photos. Jan en développe trois ou quatre autres à la suite. Vous l'observez, muette, fascinée par le processus et par la loterie que constituent ces images, ne sachant jamais quelle partie de votre corps va apparaître. L'odeur des produits chimiques est omniprésente mais surpassée par celle qui émane de votre corps.

Une photo de votre cheville et de votre pied chaussé flotte dans le premier bac, tandis que dans le deuxième trempe un très gros plan de votre nuque. Jan glisse ce tirage dans le troisième bac, puis fait de même avec d'autres, les faisant tous progresser d'un cran dans le processus. Vous êtes surprise par la sensualité de ces photos, même celles qui ne représentent qu'un pied ou un coude.

Jan glisse une feuille dans le premier bac : une image de votre sexe éclot peu à peu dans le liquide. Même sous le faible éclairage, vous distinguez jusqu'aux détails les plus intimes. Sur ce cliché, il scintille, visiblement humide.

– Mon Dieu, je suis trempée ! lâchez-vous, sans réfléchir.

Jan abandonne les épreuves qui nagent dans les bacs et vous agrippe pour vous bloquer contre un mur. Votre peignoir toujours largement ouvert, il glisse les bras dans votre dos et vous attire contre lui de ses mains chaudes. Vous le sentez durci contre vous lorsqu'il vous embrasse, ses lèvres brûlantes plaquées sur les vôtres et sa langue explorant votre bouche avec avidité. Vous vous laissez écraser contre lui et faites courir vos doigts sur sa nuque et dans ses cheveux, afin de le serrer davantage contre vous.

Il prend vos fesses à pleines mains et vous soulève. Vous entourez sa taille de vos jambes, refusant de cesser de l'embrasser. Il effectue un demi-tour et vous dépose sur le plan de travail. Quelques flacons et autres éléments de ce bazar tombent avec fracas au sol ; quelque chose se brise, mais vous continuez à vous embrasser : vous êtes allés trop loin pour vouloir vous interrompre.

D'une main, il incline votre tête en arrière et dépose des baisers dans votre cou, se servant également de ses dents et de sa langue. Vous poussez un cri lorsqu'il agrippe vos seins, vos tétons entre ses doigts. Le contact de l'acier d'une de ses bagues vous fait frissonner.

Il se saisit de votre bras et le déplie devant lui. Du pouce, il commence par en caresser la peau, à l'intérieur du coude, comme précédemment mais de façon plus sensuelle, puis il titille de la bouche cette zone sensible, provoquant en vous une décharge électrique de plaisir qui se propage dans tout votre corps. Il vous pousse doucement contre le mur, soulève votre jambe droite et pose votre pied encore chaussé sur le plan de travail ; ce qui a pour effet de lui ouvrir votre intimité. Il vous fait ensuite glisser vers lui, de façon à approcher au maximum votre bassin du bord du meuble, tandis que vous gardez les épaules plaquées contre le mur.

Il agrippe votre jambe gauche et fait courir son pouce sur la portion de peau sensible située derrière le genou, tout en baissant la tête afin d'approcher la bouche de votre sexe. Vous gémissez de plaisir quand il se met à lentement vous lécher le clitoris, avant de le chatouiller du nez, lorsqu'il glisse brièvement la langue en vous. Il promène ses lèvres tout le long de votre fente ; quand il en atteint le haut, sa barbe naissante frotte contre l'intérieur de vos cuisses et sur vos lèvres, sensation divine. Vous haletez lorsqu'il fait intervenir son pouce, dont il se sert pour lentement décrire un cercle autour du clitoris, pendant qu'il plonge de nouveau la langue en vous. Il intervertit ensuite les rôles et insère un doigt, puis un autre, en vous, alors que sa langue fait le tour de votre clitoris.

Vous vous cambrez, la tête contre le mur derrière vous, avec la sensation de vivre un rêve sous cet éclairage rougeâtre. Vous avancez les hanches vers sa bouche, en réclamant davantage ; chevaucher sa langue, de plus en plus violemment, vous procure un plaisir immense, les doigts si serrés sur le rebord du plan du travail que vos jointures en sont blanchies. Vous ne pouvez vous empêcher de crier lorsque vous jouissez, beaucoup trop tôt à votre goût mais impossible d'y échapper. Alors que vous êtes saisie de convulsions contre le mur, un éclair blanc aussi violent que soudain vous force à cligner des yeux. Surprise, vous vous demandez si votre orgasme a été puissant au point de vous aveugler.

– Putain, mes photos ! jure Jan.

Une fois habituée à l'intense luminosité, vous constatez que l'interrupteur est situé derrière vous.

Vous avez sans doute allumé la lumière en vous débattant de plaisir. Brusquement consciente de votre nudité, vous refermez les pans de votre peignoir.

Jan a aussitôt bondi afin de sauver les épreuves et les négatifs, trop tard, hélas ! Les tirages qui nagent dans les bacs sont complètement effacés, comme si, frappés d'amnésie, ils avaient oublié les images encore présentes quelques secondes plus tôt.

Il reste immobile devant les bacs, le visage froissé de déception. Les deux seuls clichés à avoir survécu sont le gros plan du sein et l'élégante photo du cou, avec le bas du menton. Il pourrait s'agir de n'importe qui ; le seul détail permettant de vous identifier est la tache de rousseur sur le sein, mais personne n'en a connaissance, en dehors de vous et de quelques rares personnes.

– Et les autres négatifs ?

– Ils sont également fichus, vous répond Jan.

Vous descendez du plan de travail, les genoux encore fragiles suite à votre orgasme.

– J'ai dû appuyer sur l'interrupteur avec mon épaule. Je suis vraiment désolée...

Vous le prenez dans vos bras. Il vous étreint, sa langue cherchant de nouveau votre bouche. S'ensuit un baiser si passionné que vous avez le sentiment d'être pardonnée. Il vous caresse ensuite doucement du menton le sommet du crâne.

– Je suis seulement déçu que tu n'aies pas pu voir toutes les prises, dit-il.

– Ce n'est pas grave, j'en ai vu assez. Et moi, je suis navrée que tu n'aies pas pu voir les tirages développés.

– Au moins, j'ai profité du spectacle en direct, à travers l'objectif. (Il parcourt du doigt un côté de votre visage, avant de vous offrir avec délicatesse un baiser sur le front.) Et à l'instant, en très gros plan. Dommage que je n'aie pas une mémoire photographique. (Vous rougissez violemment.) Allons, sortons de cette pièce avant d'être complètement shootés par ces vapeurs chimiques.

De retour dans le studio, vous vous laissez tomber sur un canapé, quelque peu hébétée. Le pantalon de Jan est toujours déformé par une énorme protubérance ; l'idée de poursuivre est assez tentante. Allez-vous voir ce qu'il a à vous offrir ? Ou la chevauchée précédente a-t-elle été suffisamment débridée pour vous satisfaire pour cette nuit ? Le moment est peut-être venu de rentrer.

- *Si vous voulez rester au studio afin de conclure ce que vous avez entamé, rendez-vous en page 94.*
- *Si vous préférez prendre congé, rendez-vous en page 266.*

Vous avez décidé de rester au studio afin de conclure ce que vous avez entamé

Jan baisse l'éclairage du studio et va chercher la bouteille de vin à la cuisine. Vous vous approchez de la moto et laissez glisser un doigt sur le réservoir d'essence chromé. Vous constatez que l'engin est fixé au sol et qu'un cadre l'empêche de basculer. Vous vous installez sur la selle ; entre vos jambes, le cuir vous procure une sensation de fraîcheur, alors que vous dégagez encore une chaleur post-orgasme. Jan réapparaît, pose le vin par terre et branche le ventilateur industriel dont il se sert pour ses photos.

– Voici du vent dans tes cheveux, comme si tu étais sur la route, dit-il en le faisant pivoter vers vous.

Le courant d'air fait voler vos cheveux derrière vous, ainsi que votre peignoir qui se tend à l'horizontale dans votre dos, telle une cape de superhéros, dévoilant au passage une fois de plus votre corps dénudé. Saisie de frissons, vous poussez un glapissement et rattrapez les pans du déshabillé. Jan oriente le ventilateur de façon qu'il souffle un peu à côté, et non plus sur vous. Agrippée au long guidon, vous vous avancez au maximum sur la selle afin de laisser une place pour Jan derrière vous.

– Ça te dit, une petite virée ? proposez-vous.

Il sourit et réfléchit, puis il enfourche la moto derrière vous.

– Où vas-tu donc me conduire ? vous demande-t-il, passant les mains autour de votre taille et vous serrant contre lui.

– Jusqu'au bout du monde, si tu as de la chance.

Cette réplique est un peu fleur bleue mais cela vous plaît, tout comme le fait de sentir ses bras et son corps contre vous. Par ailleurs, sauf erreur de votre part, vous sentez dans le dos une certaine rigidité qu'il vous est difficile d'ignorer. Vous estimez alors qu'il est temps de faire preuve de miséricorde à son égard. Vous descendez avec précaution de la moto, pour aussitôt de nouveau vous jucher sur la selle, cette fois face à Jan.

Il se penche vers vous et vous embrasse avec passion. Il vous hisse sur ses cuisses, si bien que ce n'est plus la moto mais lui que vous chevauchez désormais, les jambes autour de sa taille et les pieds sur l'arrière de la selle. Sa virilité plaquée contre vous ne tarde guère à vous exciter de nouveau.

Vous baissez les jambes et défaites avec frénésie la boucle de sa ceinture, avant de déboutonner son jean : vous découvrez alors qu'il ne porte pas de sous-vêtement. Vous caressez son sexe dès qu'il surgit du pantalon. Jan pousse un gémissement retentissant, qui ne fait que s'accentuer lorsque vous prenez son membre d'une main, que vous faites aller et venir, de haut en bas. Sur son sexe dressé, contre la paume de votre main, une veine pulse, comme si cette chose était vivante.

– Je te veux en moi, chuchotez-vous.

Sans se le faire dire deux fois, Jan vous maintient d'une main et, de l'autre, sort son portefeuille de la poche arrière de son jean. Il réussit à l'ouvrir et à en sortir un préservatif pendant que vous lui mordillez le cou, sans cesser de caresser son érection aussi dure que de la pierre. Il laisse tomber le portefeuille et, d'un coup de dents, libère le préservatif de son emballage. Vous le lui prenez et l'enfilez à deux mains sur son pénis, que vous lissez sur toute sa longueur.

Incapable de patienter une seconde de plus, il vous fait chavirer en arrière, puis il soulève vos pieds encore chaussés, qu'il place sur ses épaules, afin de bénéficier d'un accès idéal. Il parcourt ensuite votre fente du pouce.

– Maintenant ! suppliez-vous.

Il se glisse aussitôt en vous. Il prend toute la place que vous avez à lui offrir, ce qui vous fait gémir de plaisir. La bouche plaquée sur votre cou, il suce, mord, puis suce encore, tout en vous chevauchant, lentement dans un premier temps, avant de peu à peu accélérer le rythme, jusqu'à enchaîner des coups de boutoir de plus en plus forts. Vous prenez conscience qu'il est près de jouir, alors que vous n'en êtes pas encore à ce stade. Cela dit, vous avez déjà profité d'un orgasme sismique ce soir. Constatant combien il est empressé, vous retirez les jambes de ses épaules pour vous plaquer contre son torse.

– J'ai envie que tu jouisses en moi, tout de suite, lui murmurez-vous à l'oreille, que vous effleurez de vos dents.

Il ne peut réprimer un cri lorsqu'il se libère. Vous lui agrippez le dos et sentez ses muscles se contracter sous sa chemise ; il est secoué par un puissant orgasme.

Alors qu'il est toujours en vous, vous vous allongez sur le réservoir d'essence de la moto, un sourire de satisfaction sur le visage. Jan, quant à lui, se penche en avant, la tête sur le côté de votre poitrine dénudée, haletant.

Un peu plus tard, tandis que le taxi s'éloigne du studio et que Jan, depuis la porte, vous adresse un signe d'au revoir de la main, vous vous dites que ce n'est peut-être pas une si mauvaise chose que les épreuves aient été détruites. Vous avez été photographiée nue par un photographe professionnel sexy, qui a travaillé avec des stars, mais vous n'aurez jamais à craindre que ces photos apparaissent sur Internet au moment où vous vous y attendez le moins. Vous avez été très chanceuse, ce soir, et cela à plus d'un titre. Il est à présent temps de retrouver un peu de confort chez vous, avec un bon DVD et du pop-corn. Mais peut-être allez-vous faire un saut chez Melissa ; vous avez hâte de lui raconter la soirée que vous venez de vivre.

- *Pour rentrer directement chez vous, rendez-vous en page 243.*
- *Si vous décidez de faire un crochet par chez Melissa, afin de lui raconter votre folle aventure nocturne, rendez-vous en page 275.*

Vous avez décidé de rester à la galerie ou d'y retourner

La plupart des gens repartis, vous êtes seule dans un coin de la galerie, un verre presque vide d'un vin mousseux quelconque à la main, en train d'examiner une des œuvres. Celles-ci ne vous paraissent plus si osées, à présent que vous y êtes habituée. Vous êtes même quelque peu choquée de constater à quelle vitesse observer l'intimité d'une femme est devenu presque banal pour vous. Votre estomac fait tout de même un bond lorsque Mac réapparaît à vos côtés.

– *Re*-bonsoir, vous passez une agréable soirée ? vous demande-t-elle, vous adressant un regard de biais, de ses extraordinaires yeux. Jan et vous vous entendiez à merveille, la dernière fois que je vous ai aperçus.

– Hmm... oui, je crois qu'il est retourné à son studio.

Il vous est impossible de détailler ce que vous avez partagé avec Jan, et que vous avez vous-même du mal à croire. Vous inclinez votre verre et constatez qu'il ne contient plus rien.

Mac vous dévisage sans ciller, puis un coin de sa bouche se soulève :

– Que diriez-vous d'un peu de champagne digne de ce nom, à la place des *fausses*[1] bulles servies ici ? J'en ai une délicieuse bouteille à l'étage, que je réserve justement pour étancher ce genre de soif.

Vous avez la bouche sèche ; vous délecter d'un peu de champagne frais est une idée très attirante, tout comme le fait de passer un moment en compagnie de Mac, même si elle vous intimide. Peut-être devriez-vous ne pas prendre de risque et retourner au bar, où vous pourriez vous offrir une coupe de champagne avec le séduisant barman. Ou, peut-être, vaut-il mieux en rester là pour ce soir.

- *Pour suivre Mac, rendez-vous en page 101.*
- *Si vous décidez d'aller draguer le séduisant barman au bar, rendez-vous en page 209.*
- *Si vous préférez rentrer chez vous, rendez-vous en page 243.*

1. En français dans le texte original.

Vous avez décidé de suivre Mac

Mac glisse une clé dans une épaisse porte en bois, puis vous la suivez dans un appartement plongé dans la pénombre, bien chauffé et parfumé. La démarche aérienne, elle appuie sur deux ou trois interrupteurs : quelques lampes s'allument, vous dévoilant l'intérieur le plus exotique que vous ayez jamais vu. Les murs vert-jaune sont à peu de choses près intégralement recouverts de photographies, d'icônes et de posters. Une niche abrite une Vierge noire, un collier de perles de carnaval autour du cou et un bouquet de coquelicots frais dans un verre, à côté d'elle. Sur le mur, vous apercevez le célébrissime poster de Che Guevara, au détail près que sa bouche est colorée avec du rouge à lèvres et que de faux cils sont collés autour de ses yeux.

Dans la minuscule alcôve qui sert de cuisine, un panier de coquillages est disposé sur la paillasse. Un immense lit chargé de coussins colorés est calé dans un coin de la pièce, tandis qu'une table de dessinateur est installée sous la fenêtre. Entre les nombreux tapis, certains légers et pastel, d'autres épais et rouges, Mac marche sur le plancher. Le son produit par ses chaussures sur le sol a quelque chose d'étrange, ce que vous faites remarquer.

– Ah, c'est parce que je porte mes chaussures de flamenco, vous répond-elle. Comme il n'y a que la galerie en dessous, je peux répéter autant que je le souhaite mes *sevillanas*.

Vous éprouvez de plus en plus la sensation d'être Alice tombée dans le terrier du lapin. De quoi parle-t-elle ?

– Je vous ai promis du champagne, je crois ? reprend-elle, avant de se tourner vers le réfrigérateur, d'où elle sort une bouteille.

Bien que loin d'être une experte, vous vous rendez compte qu'il s'agit d'un champagne de marque. D'une main ferme, elle a rapidement raison du bouchon qu'elle fait sauter dans un léger claquement. Le liquide couleur paille mousse dans les coupes.

– À votre santé, dit-elle, en levant un sourcil lorsque vous trinquez ensemble.

Pourquoi tout ce que dit cette femme vous paraît si suggestif ?

Le champagne est frais et fruité, ce qui vous aide quelque peu à vous détendre. Mac s'approche d'un ordinateur portable, posé sur la table, et presse quelques touches. Une minute plus tard, le son d'une guitare se propage dans la pièce. C'est plutôt apaisant, jusqu'au moment où une voix masculine écorchée se met à chanter, tandis que des mains invisibles claquent en rythme les unes sur les autres.

– C'est du *cante flamenco*, du flamenco chanté, dit Mac. Cela fait partie intégrante de la tradition du flamenco, avec les danseurs et les guitaristes. Historiquement, il a toujours été question de passion dans cet art. Mais asseyez-vous donc ; je vais vous montrer ça.

– Quoi donc ?

Elle se met à faire claquer ses pieds sur le plancher, très rapidement, en un ballet flou mais précis.

Vous clignez des yeux :

– Vous allez danser ? Maintenant ?

– Pourquoi pas ? Il me semble que c'est une soirée idéale pour danser. Mettez-vous à l'aise, je vous en prie.

Vous regardez autour de vous mais, en dehors de la chaise de bureau, près de la table, vous ne voyez nulle part où vous installer. Vous décidez donc de vous asseoir sur le bord du lit. Les chants et danses improvisés ne sont pas forcément votre tasse de thé – les comédies musicales sont là pour ça – mais enfin, qu'avez-vous à craindre ? Mac se positionne au centre de la pièce et écarte du pied quelques tapis. Lentement, comme pour vous aguicher, elle retire ses bijoux, chaînes, pendentifs et bracelets, qu'elle dépose sur la paillasse de la cuisine. Elle conserve tout de même ses boucles d'oreilles.

Soudain, son corps se tend, ce qui la fait paraître plus grande. Elle lève lentement le bras avec une grâce ondoyante, tout en dessinant de plus petits cercles avec les poignets et les doigts, et se cambre, soulevant ainsi sa poitrine. Puis elle explose ; elle se met à marteler le sol de ses talons, suivant le rythme des guitares effrénées. Elle bouge si vite les pieds qu'il est impossible de distinguer les pas.

Vous restez figée comme une pierre. Le temps semble ralentir. Jamais de votre vie vous n'avez assisté à quoi que ce soit de si sensuel. Mac tourne et tourne encore, les bras dressés et les pieds battant la mesure selon un rythme très complexe. Ses fesses rondes frémissent à chacun de ses mouvements. Soudain, elle agrippe les pans de sa jupe, qu'elle fait virevolter. Des perles de sueur apparaissent sur ses clavicules dénudées et glissent entre ses seins. La façon dont ceux-ci remuent et rebondissent sous la dentelle moulante de son haut indique, sans équivoque, que Mac ne porte pas de soutien-gorge.

Enfin, la musique ralentit et s'arrête, imitée par les pas de danse de Mac. Puis elle salue, se penchant tant en avant que c'est un miracle si ses seins ne sortent pas du bustier. Ce n'est que lorsqu'elle se dirige vers la cuisine, afin de boire un grand verre d'eau, que le charme se rompt. Vous vous mettez aussitôt à applaudir.

Elle se saisit de la bouteille de champagne et se laisse tomber sur le lit, à côté de vous, avec la poitrine qui se soulève encore.

– C'était extraordinaire ! Je suis vraiment impressionnée.

– Ce n'est pas uniquement une forme d'art ancestrale, c'est également un exercice physique intense... et qui donne chaud !

Sans vous laisser le temps de comprendre ce qu'elle entend par là, elle agrippe son bustier par le bas et le fait passer par-dessus la tête. Ses seins jaillissent, libérés, plus lourds et plus imposants que vous ne l'aviez imaginé, mais fermes et tendus. Les tétons d'un rose foncé sont dressés, durcis, au centre d'aréoles plus claires.

Vous avez l'impression de perdre pied. Alors que vous fouillez dans votre cerveau, à la recherche d'un commentaire approprié, comme « Euh... avez-vous remarqué que vous avez retiré votre bustier ? », Mac vous regarde de nouveau droit dans les yeux :

– Ça te plairait de les toucher ?

Vous êtes tentée mais tout cela devient un peu trop énorme : la musique déchaînée, la danse, les seins nus d'une femme. Et à présent, elle vous demande de les toucher. Intriguée et vaguement excitée, vous êtes également nerveuse. D'un côté, vous avez envie de rester pour voir ce qu'il va se passer – qui peut dire quand une telle opportunité se représentera ? – mais, de l'autre, vous pensez que vous feriez mieux de trouver un prétexte afin de vous éclipser avant qu'il ne soit trop tard. Vous pouvez toujours aller vous offrir un dernier verre au bar, où vous serez au moins en terrain connu.

- *Pour rester avec Mac et voir ce qui se passe, rendez-vous en page 106.*
- *Si vous estimez que c'est trop pour vous et préférez retrouver la sécurité du bar, rendez-vous en page 209.*

Vous avez décidé de rester avec Mac

– Alors, qu'en dis-tu ? insiste Mac.

C'est ce qui s'appelle être directe. Vous en restez scotchée.

– Je... euh... je ne suis pas une... Je n'ai jamais... enfin, je ne suis pas attirée par les...

– Je ne t'ai pas demandé si tu étais lesbienne mais si tu voulais toucher mes seins, dit Mac, qui lève ses bras musclés et cale les mains derrière la tête. Je ne vais pas te mordre, promis. Enfin, pas tout de suite...

Vous devez bien reconnaître que vous êtes fascinée ; ses seins sont incroyablement pulpeux.

– Laisse-moi t'aider, dit-elle, avant de vous prendre doucement une main, qu'elle porte non pas sur sa poitrine mais juste en dessous, sur sa cage thoracique.

Vous ne pouvez vous empêcher de la faire remonter et de l'ouvrir sous un sein, de façon à le soupeser comme un fruit mûr. Il est beaucoup plus doux qu'il n'en a l'air, et sa peau est très fine. Vous le pressez un peu et êtes aussitôt récompensée : son téton devient aussi dur qu'un diamant.

Mac laisse échapper un petit cri de plaisir, avant d'ajouter :

– L'autre va être jaloux, tu sais...

Les deux bras désormais tendus, vous faites courir vos doigts sur sa chair brûlante, dont vous explorez les courbes soyeuses. Avec hésitation dans un premier temps, puis avec davantage d'audace, vous titillez les tétons, intriguée par la façon dont ils réagissent à votre toucher.

– Que c'est bon... ronronne Mac, en s'allongeant sur les coussins. Et si tu essayais avec la bouche ?...

Que c'est étrange ! Mais vous n'avez pas envie d'en rester là. Vous vous penchez au-dessus de la poitrine de Mac, puis marquez une hésitation :

– Euh... je ne sais pas comment...

– Laisse-moi te montrer, dans ce cas. Détends-toi...

Vous percevez l'odeur de sa peau lorsque Mac se redresse. De ses doigts habiles, elle fait glisser les bretelles de votre robe. Elle vous dénude jusqu'à la taille comme on pèle une banane, en roulant votre robe et votre soutien-gorge au passage. Vous frissonnez, autant par nervosité qu'au contact de l'air sur votre peau exposée. Avant que vous n'ayez le temps d'y penser, Mac se penche en avant et plaque la bouche sur un de vos tétons. Ce double choc – le soudain afflux de plaisir associé au fait qu'une femme soit en train de vous *lécher les seins* – vous laisse sans voix. Elle a la bouche chaude et humide, sa langue glisse et donne de petits coups. Peu importe la personne qui vous offre cet instant de jouissance.

Vous remarquez à peine que Mac vous allonge en douceur sur le dos et se juche sur vous. Vous n'avez conscience que de sa bouche, qui passe d'un sein à l'autre, puis elle commence à vous palper, à vous caresser. Perdant toute notion du temps, vous vous entendez de très loin pousser des gémissements assourdis.

Sans vous prévenir, Mac se redresse.

– Quelque chose ne va pas ? vous étonnez-vous, peu désireuse qu'elle cesse ses caresses.

– Nous sommes beaucoup trop habillées, *chica*. Comme tu l'as remarqué au rez-de-chaussée, je suis plus à l'aise nue que vêtue.

Eh bien ! Ces mots impliquent-ils ce à quoi vous pensez ?... Et êtes-vous prête pour cela ? Mac a déjà ôté sa jupe. Vous n'êtes pas vraiment surprise de constater qu'elle ne porte pas de sous-vêtement, pas plus que par le piercing rouge qui vous fait de l'œil, au creux de son nombril. En revanche, vous êtes stupéfaite lorsque vos yeux se posent sur ce mont de Vénus lisse, totalement rasé. Elle se lève, à présent uniquement vêtue de ses boucles d'oreilles et de ses chaussures noires de flamenco. Vous la dévorez du regard, incapable de vous arracher à son intimité.

– Je... mais sur les photos, vous n'êtes pas... bégayez-vous.

– J'aime varier. Parfois je laisse pousser, parfois je rase. C'est mieux que je sois ainsi ce soir ; ça te permet de tout voir...

Mac plisse les yeux en faisant traîner ces dernières syllabes. Et d'ajouter, sans vous laisser le temps de les comprendre :

– Je pense qu'il est temps d'ôter cette robe, tu ne crois pas ?

Vous vous redressez afin de lui faciliter la tâche lorsqu'elle fait passer la robe par-dessus votre tête. Elle a très vite raison de votre soutien-gorge, puis elle vous allonge de nouveau. Les yeux brillants, elle prend une seconde pour vous regarder, alors que vous n'êtes plus vêtue que de votre string violet et de vos talons aiguilles.

– Ha ha ! Je savais qu'une tigresse se cachait sous cette apparence soignée, roucoule-t-elle, avant de passer un doigt sous l'élastique de votre string, qu'elle fait glisser sur vos jambes.

Bon sang, ça y est, vous avez franchi le point de non-retour : vous êtes au lit avec une femme nue occupée à retirer le peu de vêtements que vous portez encore.

En tout cas, une chose est sûre : une certaine partie de votre anatomie est ravie. Quand Mac vous débarrasse de votre string, vous sentez que vous êtes extrêmement excitée. Elle le sait car votre sous-vêtement est trempé.

– Je crois que tu vas avoir très bon goût, *chica*, glousse-t-elle.

Ses mots vous excitent davantage. Vous vous abandonnez, tandis qu'elle glisse une cuisse lisse et chaude entre vos jambes. Sans vous toucher, elle se place à quatre pattes au-dessus de vous, puis elle vous ordonne :

– Ferme les yeux.

Vous obéissez et, une seconde plus tard, elle plaque la bouche sur la vôtre : *Mon Dieu, mon Dieu, je suis en train d'embrasser une femme !* Cette pensée vous traverse l'esprit, le temps d'une seconde, puis vous vous rendez compte que sa bouche est d'une douceur infinie, comparée à celles des mecs que vous avez embrassés à ce jour. Elle a le goût de la cannelle et de l'arôme fruité du champagne. Ses lèvres cherchent les vôtres, sa langue se glisse dans votre bouche. Elle est sans pitié : vous tenant la tête dans les mains, elle donne des petits coups, suce et ouvre de force votre bouche.

Vous avez la tête qui tourne quand elle reprend sa respiration, toujours penchée sur vous. Vous vous redressez et léchez avec délicatesse le grain de beauté qui vous a fascinée toute la soirée. Vous sentez les muscles de son visage se contracter lorsqu'elle sourit. Mais elle s'écarte :

– Si tu n'as jamais fait l'amour avec une femme, il y a une chose que tu dois savoir. Aucun homme ne t'offrira de meilleurs cunnilingus qu'une femme. Veux-tu que je te le prouve ?

Incapable de répondre, vous la regardez, subjuguée, poser la langue sur votre poitrine, puis la glisser vers le bas. Ses cheveux vous effleurent la peau et déclenchent des feux d'artifice en vous. Vous avez aussitôt la chair de poule et vos tétons se dressent au garde-à-vous à mesure qu'elle descend.

Soudain, vous vous sentez gênée. Vous ne portez ni piercing sexy ni tatouage osé, tandis que l'entretien de votre toison se limite aux traditionnelles épilations du maillot – vous n'avez jamais eu le courage de tenter quoi que ce soit de plus spectaculaire. Vous commencez à paniquer lorsque la langue de Mac dépasse votre nombril. Vous n'avez pas le temps de dire un mot : Mac vous écarte les cuisses. Vous sentez son souffle, d'une vigueur inouïe, sur votre sexe.

Vous vous raidissez, à la fois excitée, nerveuse et terriblement curieuse. Que va-t-il se passer ? Vous poussez soudain un cri et êtes saisie d'incontrôlables convulsions : elle a trouvé avec une précision diabolique votre clitoris qu'elle se met à sucer, doucement dans un premier temps, puis de plus en plus vigoureusement. Ses lèvres, douces et humides, le stimulent en cadence pendant que vous vous agitez de plus en plus, en réaction aux sensations intenses qui vous submergent.

– Oh, mon Dieu, c'est trop ! haletez-vous.

Cette folle séance de succion se termine. Vous sentez ensuite la langue chaude – qui vous paraît énorme – de Mac s'insérer entre vos lèvres. Elle les écarte des doigts, qu'elle essuie sur vos cuisses, se débarrassant ainsi du mélange de sa salive et de votre sécrétion.

Vous ne pensez plus qu'à une seule chose : sa langue, qui se nourrit de vous, qui lèche votre fente et vos lèvres avec une lenteur extrême. Puis elle force le passage et se glisse en vous. La sensation renversante qui s'ensuit vous fait de nouveau haleter. Lentement, Mac retire la langue et se remet à vous titiller le clitoris. Cette fois, elle plonge ses doigts croisés en vous, avec une certaine rudesse. Le contraste entre le doux ballet de sa langue sur votre clitoris et les vigoureuses poussées de ses doigts vous fait gémir et vous tortiller. Vous sentez vos muscles se contracter, sensation annonciatrice de l'orgasme.

Brusquement, vous vous retrouvez privée de ses caresses. Mac s'est écartée, vous laissant remuer les hanches et agiter les bras pour la faire revenir.

– Ne t'arrête pas. Je ne peux pas... Il faut que tu...

Elle s'allonge sur vous et vous cloue de son corps chaud et fort. Curieuse sensation que de sentir des seins, si doux, contre les vôtres.

– Si je te laisse jouir maintenant, tu risques de vouloir partir beaucoup trop vite, *chica*, vous répond-elle. Alors que j'ai envie de faire mille choses avec toi, pour toi, cette nuit. (Elle s'allonge à côté de vous.) Tu n'as pas envie de voir ma chatte de plus près ?

Elle prononce ce mot comme si de rien n'était, et ça vous excite.

– Je ne sais pas. Je...

– Oh, allons. J'ai remarqué la façon dont tu regardais les photos dans la galerie. As-tu déjà eu l'occasion de voir une femme de cette façon ?

Elle a raison : les plis des roses et des lis aperçus au rez-de-chaussée ont attisé votre curiosité. Interprétant correctement votre silence, elle roule sur le dos et écarte les jambes avec une grâce de ballerine. Vous vous approchez d'elle maladroitement, haletante, le bas-ventre encore sous le choc de la montée de plaisir sexuel.

– Que faut-il que je fasse ? Enfin, que veux-tu que je fasse ? Est-ce que je dois ?...

– Commence par regarder. Et ensuite, si tu en as envie, tu peux toucher. Et si ça te plaît, tu peux goûter.

Vous baissez la tête entre ses jambes et observez avec attention. Vous avez l'impression de vous retrouver dans la galerie, si ce n'est que cette fois, vous sentez presque son odeur. Son mont rasé est rose cacao. D'un doigt hésitant, vous en éprouvez la chair, qui vous paraît à la fois ferme, douce et souple.

Vous descendez un peu plus bas. Les lèvres de Mac sont gonflées et humides. Vous les effleurez timidement, puis vous glissez un doigt dans la fente pour les écarter. Elles scintillent de moiteur sous le faible éclairage, tel l'intérieur d'une conque rose. Sous son capuchon de peau, vous découvrez la perle qu'est le clitoris de Mac ; d'un rouge profond, il palpite légèrement. Avec le plus grand soin, vous le léchez.

Il vous paraît étonnamment dur sous votre langue, comme un minuscule morceau de marbre. Vous le léchez une nouvelle fois. Les gémissements de Mac vous donnent un peu d'assurance.

Hmm, que faire ensuite… À coups de langue de plus en plus entreprenants, vous montez et redescendez entre les lèvres. Elles ont un goût furieusement sexy, tout comme les sécrétions de Mac, qui vous remplissent la bouche. Son sexe, dont votre visage n'est séparé que de quelques centimètres, vous intrigue également. Du bout des doigts, vous agrandissez la sombre fente qui sépare ses lèvres charnues, puis vous croisez l'index et le majeur et les glissez en elle. Un instant de résistance de la part de Mac vous fait hésiter ; ne risquez-vous pas de lui faire mal ? C'est alors que vos doigts sont avalés par le vagin qui se referme. Elle soupire et remue les hanches en rythme, ce qui prouve que vous avez au moins dû faire quelque chose comme il faut. Vous faites de votre mieux pour adopter sa cadence, suite à quoi elle se met à pousser de petits cris étouffés, comme vous précédemment. Quant à vous, votre désir non assouvi vous tiraille le bas-ventre.

Mac baisse la main et vous agrippe le poignet, mettant un terme à vos caresses.

– Désolée, je ne m'y prends pas comme il faut ?

– Si, c'est parfait, vous répond Mac. Mais je te veux contre moi quand je jouis.

Vous vous hissez à sa hauteur. Elle se tourne sur le côté, plus ou moins face à vous, et passe une jambe par-dessus les vôtres. Elle guide votre main sur sa poitrine, puis elle tend le bras entre ses jambes et se met à décrire de l'index des cercles autour de son clitoris. Vous êtes un temps déçue, jusqu'au moment où elle glisse son autre main entre vos jambes. Vous sentez ses doigts agiles s'activer, en écho au plaisir qu'elle est en train de s'offrir. Elle intensifie le rythme sur votre clitoris, avant de glisser deux doigts en vous. C'est à présent le déluge entre vos jambes. À cette allure, cet endroit va bientôt être déclaré zone inondable.

– Essaie à ton tour, vous suggère Mac.

Vous saisissez le message et tendez le bras vers son intimité. Imitant ses gestes – ce qui n'est pas chose aisée, à cause de ses doigts, qui ne cessent d'aller et venir en vous et de vous caresser, trouvant chaque fois la zone la plus sensible et déclenchant en vous des sensations bouleversantes –, vous alternez plongées dans son vagin et massages de son clitoris.

Vous êtes régulièrement à deux doigts de jouir mais elle le sent et, chaque fois, retire la main ou allège la pression. Enfin, ses pupilles se dilatent. Va-t-elle avoir son orgasme ? Les yeux fermés, elle roule la tête sur le côté et pousse un cri. Vous sentez son vagin se contracter et se détendre autour de vos doigts à un rythme incroyable, faisant gicler une sécrétion chaude dans le creux de votre main. Elle se cambre à tel point que son dos ne touche plus le lit, s'élevant à chaque spasme.

Puis le silence envahit la pièce, sans compter la respiration haletante de Mac. Vous éprouvez des sentiments contradictoires : si vous êtes fière d'avoir offert à Mac un orgasme d'une telle intensité, vous restez quelque peu sur votre faim. Et vous, alors ?

– Ne t'inquiète pas, *chica*, c'est à ton tour, maintenant, vous dit Mac, comme si elle lisait dans vos pensées.

Elle se dresse au-dessus de vous, les cheveux en bataille et le regard sauvage, puis elle vous plie les jambes et écarte vos genoux, avant de se baisser sur votre mont de Vénus. Elle glisse de nouveau les doigts en vous et retrouve son rythme. Tout près de jouir, vous sentez un ouragan se former dans votre chair, vos hanches se soulèvent. Soudain, Mac baisse la tête et plaque la bouche sur votre sexe. Sa robuste langue parcourt vos lèvres et tourbillonne autour de votre clitoris.

Cela vous fait basculer dans l'abîme. Ces intenses sensations se propagent en vous comme du champagne bouillonnant dans vos veines ; la tension accumulée se libère en un merveilleux spasme de plaisir, à tel point que vous en perdez presque connaissance. Vous avez vaguement conscience de vous débattre comme un cheval de rodéo et de hurler à pleins poumons.

Peu à peu, la pièce cesse de tourner. Le bruit d'un torrent que vous entendez est causé par votre pouls qui résonne jusque dans vos oreilles. Vous avez les membres mous et lourds, le sexe littéralement inondé et les cuisses poisseuses.

Mac se lève, toujours chaussée de ses talons noirs. Alors que vous êtes un peu perdue, elle remplit de nouveau les verres de champagne. Puis elle vous rejoint sur le lit et se pelotonne contre vous, tel un gros chat.

– Félicitations, dit-elle, en faisant tinter son verre contre le vôtre. À ta première fois avec une femme. Et tu as joui superbement !

Vous gloussez, trop satisfaite par les élancements lancinants qui subsistent à hauteur de votre bas-ventre pour vous soucier de l'étrangeté de la situation. Dire qu'une femme vous a léché le minou sous le regard de Che Guevara maquillé en drag-queen !

Votre respiration reprend un rythme normal à mesure que les minutes passent. Enfin, Mac se redresse et vous prend le visage dans les mains. Elle dépose un baiser sur votre bouche, puis un autre sur votre front.

– C'était fantastique, dit-elle. Tu sais où j'habite, maintenant, alors n'hésite pas à passer. La prochaine fois, s'il y a une prochaine fois, tu feras peut-être la connaissance de ma copine.

– Quoi ? lâchez-vous, abasourdie. Ta copine ? Mais je croyais que...

– Oh, allons. Tu ne pensais tout de même pas que j'allais te demander en mariage ?

– Non... répondez-vous, vous sentant ridicule.

Mac vous caresse les cheveux, un geste curieusement maternel.

– Ne sois pas bête, *chica.* C'était génial mais tu n'es pas lesbienne, si ? (Elle se penche en arrière et vous jauge.) Même si tu as certainement du potentiel de ce côté-là.

– Mais pourquoi... Enfin, si tu as déjà quelqu'un ?

– Daniella vit dans une autre ville, elle est associée dans un cabinet d'avocats réputé. Quant à moi, ma compagnie de danse est basée ici. Nous adorons toutes les deux notre job, alors nous avons opté pour une relation à distance. Nous sommes ensemble depuis cinq ans. C'est parfois difficile mais ce n'est pas si noir. Cet arrangement a ses bons côtés... comme ce soir.

– Tu vas lui parler de moi ?

– Bien sûr. Dans-les-moin-dres-dé-tails. Et ça va l'exciter !

Vos joues prennent une teinte écarlate. Quelle idiote ! Vous avez été draguée par une lesbienne qui ne cherchait qu'à avoir des histoires croustillantes à raconter à sa copine. La tête basse, vous tentez de récupérer vos vêtements éparpillés sous le lit.

Mac vous tapote l'épaule :

– Je sais ce que tu penses. Mais tu as mis ton string de grande fille pour sortir ce soir, non ? (Elle fait tourner votre sous-vêtement autour de son doigt.) J'ai tout de suite vu que tu étais hétéro mais j'ai aussi compris qu'il y avait un minou très affamé là-dedans. Tu es splendide, pulpeuse, et tes grands yeux... Comment aurais-je pu résister ?

Vous reniflez un peu mais vous savez qu'elle a raison. Vous avez peut-être fait l'amour avec une femme et adoré ça, cependant vous n'avez pas pour autant l'intention de changer de vie, de faire votre coming out devant votre famille et tous vos amis, de vous mettre en ménage avec Mac, de vous quereller avec elle à propos des vacances en famille. Ce soir, vous êtes passée de l'autre côté et, bon sang, que c'était bon !

Vous vous ressaisissez et gratifiez Mac d'un faible sourire. Vous enfilez ensuite votre robe, sans vous embarrasser de votre soutien-gorge, que vous glissez dans votre sac à main. Vous tendez la main, Mac dépose un baiser sur votre string et le glisse entre vos doigts.

– Je te raccompagne à la porte, dit-elle en se levant d'un bond, toujours complètement nue, exception faite de ses chaussures.

En la suivant à travers la pièce, vous laissez votre regard s'égarer sur son interminable dos en forme de violon, ses fesses qui ondulent et ses jambes bien galbées. Ce spectacle ravive un peu de désir en vous. Dans l'étroit couloir, elle se presse contre vous et glisse une fois encore la langue dans votre bouche. Cela ne vous paraît plus étrange mais merveilleux, si bien que vous lui rendez son baiser avec un enthousiasme et une reconnaissance sincères.

– Vas-y, sinon on va recommencer, dit-elle, les yeux brillants. Hmm... On pourrait peut-être organiser une partie à trois la prochaine fois que Danni est de passage ?

Ces mots vous font revenir à la réalité.

– OK, euh... et merci.

Qu'est-on censé dire, dans ces cas-là : « Merci d'avoir été la première femme à me lécher le minou » ou « merci pour cet orgasme entre filles » ?

– Hmm, merci, c'était super. Mieux que super, même. Mais bon... Ne le prends pas mal mais je ne pense pas que je reviendrai.

– Comme tu voudras, *chica*, dit Mac en riant.

L'instant d'après, vous descendez l'escalier, les jambes en coton et le sexe encore légèrement palpitant. Ce n'est qu'une fois dans la rue que vous prenez conscience que Mac ne vous a jamais demandé votre prénom.

L'idée de retrouver votre bon vieux canapé, avec un DVD et du pop-corn, vous paraît soudain très attirante. Vous pouvez également faire un détour par le *coffee-shop* local, pour y prendre un chocolat chaud avant de rentrer chez vous.

- *Pour rentrer directement chez vous, rendez-vous en page 243.*
- *Si vous n'avez pas envie de retrouver votre appartement, rendez-vous en page 266.*
- *Pour faire un crochet par le* coffee-shop, *rendez-vous en page 268.*

Vous avez décidé de partager un taxi avec le type sexy plus âgé que vous

Vous roulez en boule le prospectus d'*Immaculata* et le remisez dans votre sac à main. Vous irez peut-être jeter un coup d'œil à cette exposition un autre jour, mais pas là alors qu'un homme si fascinant vous propose de monter dans son taxi. Quelque chose en lui vous fait vaciller : une sorte de présence imposante, d'autorité naturelle. Il semble maîtriser les lieux, et non y être simplement de passage.

– Je ne vois pas pourquoi nous ne partagerions pas ce taxi, dit-il. Pensez à l'environnement, à l'empreinte carbone, etc.

– Ce serait plus responsable, en effet, concédez-vous.

Tout en riant, il vous ouvre la portière. Pendant qu'il contourne le véhicule, vous regardez par la fenêtre et voyez l'imposant garde du corps vous adresser un signe de la main. Il se glisse ensuite dans cette incroyable voiture de sport, en fait rugir le moteur et se fond dans la nuit. Vous vous demandez ce qu'il serait advenu si vous aviez décidé de le laisser vous raccompagner. Sans vous laisser le temps de trop y penser, Miles s'installe à côté de vous, emplissant l'habitacle de son odeur mêlant ce parfum boisé à l'arôme du cuir.

Le chauffeur se retourne, dans l'attente d'instructions.

– Où allez-vous ? vous demande Miles.

– Je rentre chez moi. J'étais censée retrouver une amie ici, pour boire un verre en début de soirée, mais elle m'a laissé tomber au dernier moment. Elle est restée travailler ce soir à cause de son salaud de patron, un véritable obsédé du contrôle.

Miles lève un sourcil :

– En parlant de travailler tard, vous n'auriez pas faim, par hasard ? J'ai été si occupé à conclure un contrat que je n'ai rien avalé depuis midi. Et parler affaires me donne une faim de loup.

– J'ai un petit creux. Où comptiez-vous aller ?

– Je connais un restaurant à sushis formidable, pas très loin d'ici, où le sashimi est de classe mondiale, tout comme le saké. Je vais y prendre un dîner tardif. Voulez-vous m'accompagner ?

Vous le considérez longuement, tâchant de vous décider. Peut-être devriez-vous en rester là pour cette nuit et rentrer chez vous. Le taxi peut aussi vous déposer au *coffee-shop*, où vous savez que vous trouverez votre dose de chocolat chaud. Cela dit, de bons sushis ne sont pas à dédaigner, sans compter que cet homme est très séduisant.

Le chauffeur s'éclaircit la gorge. Vous constatez

que le compteur tourne depuis un moment. Il vous faut prendre une décision, et vite.

- *Si vous acceptez l'invitation de cet homme séduisant, rendez-vous en page 123.*
- *Pour que le taxi vous dépose chez vous, rendez-vous en page 243.*
- *Si vous préférez qu'il vous conduise au* coffee-shop *de votre quartier, rendez-vous en page 268.*

Vous avez opté pour les sushis

– Bonne idée, j'adore les sushis.

Le chauffeur lâche un soupir de soulagement peu discret.

– Super, dit Miles, avant de lui donner l'adresse et quelques instructions pour s'y rendre.

Après un court trajet, le taxi s'immobilise dans une rue calme, où vous n'apercevez ni restaurant ni vitrine. Miles paie le chauffeur, puis sort et vous ouvre la portière. Vous prenez garde de ne pas montrer votre minuscule string en sortant du véhicule – ce qui n'est pas aussi évident que les actrices d'Hollywood le laissent penser.

Vous traversez la chaussée. Miles vous désigne une porte en retrait. De l'extérieur, l'endroit n'a rien d'un restaurant : les fenêtres, derrière lesquelles des rideaux opaques sont tirés, sont vierges de toute inscription. En franchissant le seuil de l'établissement, vous êtes stupéfaite de vous retrouver dans un restaurant japonais intime à la décoration sobre. Le personnel et la plupart des clients sont manifestement japonais, ce qui est toujours bon signe.

Une élégante femme vêtue d'un kimono s'approche de vous avec un sourire de bienvenue.

– Quel joie de vous revoir, monsieur Cornuti. Une table pour deux ?

– Cornuti ! laissez-vous échapper, lorsque ça fait enfin tilt dans votre esprit. (Votre estomac se crispe instantanément.) Oh, mon Dieu, vous êtes Miles Cornuti !

Ce nom n'a rien d'ordinaire mais vous ne l'avez pas relevé précédemment car le chauffeur de taxi l'avait mal prononcé.

Il acquiesce avant de saluer la serveuse japonaise.

– Bonsoir, Katsuko, ravi de vous revoir. Pourrions-nous avoir deux sièges au comptoir, s'il vous plaît ?

Elle vous guide vers le fond du restaurant, jusqu'à un comptoir qui donne directement sur une cuisine moderne, où deux chefs japonais travaillent côte à côte, tranchant du poisson et façonnant des rouleaux de riz avec maîtrise. Vous vous installez à côté de Miles, face à cette pièce conçue de façon à permettre aux clients d'assister à la préparation des sushis. C'est véritablement un art, et impressionnant à observer. D'après ce que vous avez entendu dire, au Japon, plusieurs décennies d'apprentissage de la préparation du riz sont nécessaires avant d'être autorisé à s'approcher d'un morceau de poisson.

Les chefs vous adressent poliment un signe de la tête, puis reviennent à leurs couteaux affûtés et leurs nattes en bambou, bavardant à mi-voix entre eux, en japonais. Le plus grand, aux avant-bras musclés et qui manie une lame digne de celle d'une épée, coupe en un clin d'œil une grosse tranche de thon en trois lamelles, obtenant ainsi un parfait sashimi. Ces types connaissent leur boulot, c'est une évidence.

Le restaurant est à moitié rempli, il n'y a personne au comptoir. Vous êtes assise si près de Miles que son bras et sa jambe vous effleurent régulièrement, déclenchant des ondes d'excitation dans tout votre corps.

Il échange quelques civilités avec votre hôtesse et commande du saké, puis elle disparaît, vous laissant tous les deux seuls avec le menu. Vous sautez aussitôt sur l'occasion :

– Je n'en reviens pas ; vous êtes Miles Cornuti, le célèbre patron de presse !

– Je suis loin d'être célèbre.

– Bien sûr que si, vous possédez des dizaines de magazines et de journaux, sans parler de vos maisons d'édition et de publications numériques.

Katsuko revient, un pichet de saké à la main. Miles en verse dans deux bols raffinés et vous en donne un.

– Goûtez ceci, dit-il. C'est délicieux. Apparemment, ils le font venir, par avion, du Japon une fois par mois.

– N'essayez pas de changer de sujet, insistez-vous. (Tenant le bol dans le creux des mains, vous avalez quelques gorgées de l'alcool sirupeux, qui coule agréablement dans la gorge.) J'ai beaucoup entendu parler de vous. Une de mes amies est rédactrice au sein d'une de vos publications.

– J'espère qu'il ne s'agit pas de celle qui vous a posé un lapin ce soir ? Celle dont le patron est un... un quoi, déjà ?

– Euh... bafouillez-vous, ne sachant plus où vous mettre.

– Un salaud, je crois.

– *Un salaud d'obsédé du contrôle*, glapissez-vous, le visage brûlant.

– Oui, c'est ça. Le salaud qui veut tout contrôler est à votre service, *miss*.

Vous gigotez sur votre siège, soulagée d'être à côté de Miles, et non face à lui, et de ne pas avoir à affronter son regard taquin. Vous tentez aussitôt de vous rattraper :

– En fait, je pense qu'elle a voulu dire que...

– Poursuivez, dit-il avec un sourire narquois. Je suis curieux de voir comment vous allez vous en sortir.

– Encore un peu de saké ? proposez-vous, en vous saisissant du pichet, prête à remplir les deux bols.

– À la santé de tous les salauds de patrons obsédés du contrôle, plaisante Miles en levant son bol.

Vous faites tinter le vôtre contre le sien et avalez quelques gorgées, priant pour que vous passiez rapidement à un autre sujet de conversation. Melissa va vous tuer. Comment allez-vous lui expliquer que vous avez dîné avec son patron, à qui vous avez révélé ce qu'elle a dit à son propos ?

Vous dressez, en pensée, un inventaire de tout ce qu'elle vous a raconté sur lui : il est immensément riche, puissant et, en effet, très exigeant vis-à-vis de ses employés. Mais c'est logique. On ne devient pas un magnat des médias en prônant la facilité mais bien en se comportant en salaud qui contrôle tout. Mais pourquoi – et c'est le plus important – Melissa ne vous a-t-elle jamais dit combien il était canon ?

Tout en faisant mine de détailler le menu, vous l'observez à la dérobée. Grand, bien fait, charismatique, sûr de lui. Avec, en plus, ce regard rieur qui lui donne un air à la George Clooney très convaincant.

Mais tout de même, qu'êtes-vous en train de faire ? *C'est le patron de votre meilleure amie !* Vous ne devriez pas être en train de le reluquer mais plutôt filer de là plus vite qu'un sumo égaré dans un congrès de diététique. Enfin, personne ne mourra si vous restez encore un peu, le temps d'avaler en vitesse un maki thon-avocat, pas vrai ?

Lorsque vous vous intéressez enfin au menu, vous constatez qu'il est intégralement rédigé en japonais. Vous le retournez, espérant découvrir au verso sa traduction, ou au moins des photos des plats, en vain.

– Que me recommandez-vous, puisque nous sommes dans un authentique restaurant japonais ? demandez-vous avec nonchalance, comme si vous lisiez le japonais tous les jours, tout en espérant ne pas tenir le menu à l'envers.

Il se penche vers vous et, alors que vous vous attendez à l'entendre sortir sa science ou faire le prétentieux, voire à proposer de commander à votre place, il vous répond :

– Je n'en ai pas la moindre idée. Je demande toujours à Katsuko de me conseiller. La première fois que je suis venu ici, j'ai voulu faire le malin et j'ai, par erreur, commandé une de leurs spécialités des plus… inhabituelles.

– Et alors ?

Il fait la grimace :

– En fait, j'avais demandé du sperme de morue. (Vous manquez de peu de cracher votre saké sur le comptoir.) Les chefs et les serveuses ont trouvé ça très drôle. Ils ne m'ont averti de l'originalité de ce plat qu'une fois la première bouchée avalée. Grâce à moi, ils ont passé une excellente soirée.

Il adresse un signe de la tête à l'un des chefs, qui lui répond d'un grand geste de son couteau.

– Quel goût ça a ?

– En fait, ça ressemble au calmar. Mais plus de semence de poisson pour moi ; dorénavant, je me contente de plats plus sûrs.

Vous ne résistez pas à la tentation de le draguer gentiment :

– Vous n'aimez donc pas prendre de risques ?

– Ça dépend avec qui, vous répond-il, en vous regardant droit dans les yeux. (Une étincelle de tension sexuelle se produit entre vous.) Et vous, vous considérez-vous comme une personne audacieuse ?

– J'aime à croire que je suis toujours partante pour un peu d'aventure.

– Eh bien, vérifions cela. (Il lève la main. Katsuko est de retour en quelques secondes.) Comme d'habitude, un sashimi de thon, des makis de saumon et un peu de wasabi. Ensuite, mon amie et moi, nous aimerions essayer quelque chose d'un peu différent, pour changer. Que nous recommandez-vous ?

Vous êtes certaine de déceler une lueur d'espièglerie dans le regard de Katsuko.

– Ce soir, nous avons de l'*unagi* frais, monsieur Cornuti, dit-elle, désignant un aquarium disposé contre le mur du restaurant.

Un assortiment de créatures aux allures étranges y sont enfermées, parmi lesquelles quelques oursins aux nombreux piquants, des étoiles de mer accrochées à la paroi de verre et une demi-douzaine d'anguilles qui ondulent jusqu'à s'emmêler entre elles.

– Comme vous le voyez, nous avons aussi des *unis* frais, poursuit-elle. Nous vous proposons également nos mets habituels, plus traditionnels.

– Des *unis* ? répétez-vous, un peu nerveuse.

– Les organes reproducteurs des oursins, vous précise Katsuko, impassible.

Miles se tourne vers vous :

– Je tente si vous aussi...

– La même chose pour moi, dites-vous à Katsuko, en faisant de votre mieux pour ne pas blêmir.

– Allons-y pour les *unis*, dit Miles. Et apportez-nous également un de ces mets traditionnels, s'il vous plaît.

Tandis que Katsuko se tourne vers les chefs, à qui elle donne des instructions dans un japonais très rapide, vous vous redressez dans votre siège et vous offrez une nouvelle gorgée de saké, vous demandant dans quoi vous avez mis les pieds.

Une fois la commande passée, la conversation reprend aisément. Miles n'hésite pas à évoquer sa vie privée, ce que vous n'auriez pas imaginé de la part de quelqu'un de sa réputation. Votre culpabilité vis-à-vis de Melissa ne tarde pas à se dissiper ; vous n'avez pas la sensation de dîner avec le patron de votre amie, mais plutôt avec un ami. Un ami su-per-ca-non mais un ami tout de même.

Vous découvrez qu'il est divorcé depuis deux ans. Il s'entend bien avec son ex et les deux enfants de celle-ci, qui sont aujourd'hui adultes. Il vous confie qu'il est accro au travail, ce qui a provoqué le divorce. Il a toujours été marié à ses affaires – c'est de notoriété publique – mais vous ne pouvez vous empêcher d'admirer son engagement dans sa vie professionnelle. C'est ce qui participe à le rendre si fascinant. Si vous pouvez deviner l'aspect « obsédé du contrôle » de sa personnalité, tapi ici et là, vous ne percevez heureusement, pour le moment, rien de salaud en lui.

– Voilà, vous connaissez ma vie amoureuse, dit-il. Et la vôtre ?

Vous baissez la tête. Bafouiller en brodant sur le désert qu'est votre vie sentimentale n'a rien de très attirant, vous préférez répondre simplement :

– Je n'ai personne pour le moment.

– Pas de petit ami ? (Vous secouez la tête. Il esquisse un sourire et poursuit.) Une amoureuse ?

– Vous espérez que je vais dire « oui » ? N'est-ce pas là le fantasme de tous les mecs ?

– Pas de celui qui est en face de vous, dit-il, en vidant son bol.

Katsuko vous interrompt de nouveau, toutefois vous lui pardonnez car elle dispose de petites assiettes remplies de nourriture sur le comptoir. Vous explorez ces mets du regard, soulagée de constater que vous reconnaissez tout. Tout a l'air délicieux. Sur le point d'attaquer, vous remarquez qu'un des chefs attrape quelque chose dans l'aquarium. Vous comprenez alors que vous n'êtes pas encore sortie de l'auberge.

Miles fait tournoyer ses baguettes, que bien entendu il manie comme un pro. Vous vous saisissez des vôtres, espérant que vous n'allez pas faire tomber quelque chose dans votre décolleté ou vous éborgner. Dès la première bouchée du premier morceau – succulent – que vous réussissez à attraper, vous oubliez de vous soucier de votre maîtrise des baguettes. Vous n'aviez pas remarqué combien vous étiez affamée, ou peut-être cette réaction est-elle due à l'excellence de la nourriture. Le poisson est si frais qu'il fond dans la bouche et les ingrédients sont systématiquement parfaitement dosés. Certains morceaux étant trop gros pour être portés à la bouche tels quels, vous voyez avec soulagement Miles délaisser ses baguettes pour se saisir, en toute simplicité, d'un rouleau avec les doigts. Dieu merci, il est humain, songez-vous en suivant son exemple.

En pleine discussion sur l'émergence des livres numériques, Miles s'interrompt au milieu d'une phrase et tend la main vers votre visage :

– Vous permettez ?

Vous retenez votre respiration, incertaine quant à ses intentions. Il ne va tout de même pas vous embrasser ? Il se penche vers vous et retire un grain de riz égaré sur votre joue. Il ne se contente pas de le faire voler d'une pichenette : il vous maintient le menton dans le creux de la main et fait glisser son pouce sur toute la largeur de votre joue. Ce contact, la douceur de son doigt sur votre peau, est d'une intimité presque choquante. Votre corps en réclame aussitôt davantage. Dès qu'il s'écarte, vous portez la main sur votre joue brûlante, en quête d'autres grains de riz éventuels, quelque peu embarrassée, tant par votre incapacité à consommer correctement des sushis que par votre réaction à son toucher.

C'est alors que Katsuko réapparaît et vous débarrasse de vos assiettes vides, pendant que Miles verse le fond du pichet de saké dans vos bols. Le comptoir dégagé, Katsuko revient et dispose deux petites assiettes entre votre compagnon et vous.

– *Uni*, dit-elle en désignant un plat.

Ce qu'il contient ressemble un peu à des sushis, avec du riz impeccablement enroulé dans des algues noires, à la différence que le riz est surmonté d'épais morceaux de chair orange vif. On jurerait des langues, dont ils ont presque l'aspect spongieux. L'autre assiette contient des horreurs encore plus innommables : deux globes oculaires. Chacun un peu plus gros qu'un bonbon, ils ont encore des morceaux de chair et de fibres accrochés sur leur contour. Ce spectacle vous retourne l'estomac ; ils vous dévisagent, aussi peu impressionnés l'un que l'autre.

D'une baguette, vous tâtez un des morceaux orange et charnu, que vous êtes certaine de voir frémir. Vous écartez aussitôt la main. Cette monstrueuse chose n'est tout de même pas vivante ?

– N'est-ce pas vous qui m'avez dit être toujours partante pour un peu d'aventure ? plaisante Miles.

– N'est-ce pas vous qui m'avez dit avoir accidentellement avalé du sperme de morue ? répliquez-vous. En comparaison, ceci devrait être une promenade de santé pour vous. Qu'est-ce donc, à propos ?

Le plus séduisant des deux cuistots, qui n'a pas perdu une miette de la scène, se penche et désigne les choses orange spongieuses :

– *Uni*. De l'oursin.

– Et ça ? demandez-vous, pointant avec hésitation votre baguette sur un des globes oculaires.

– Œil de thon, un mets très délicat au Japon, dit-il, incapable de réprimer un sourire.

– Fantastique, répondez-vous, en tâchant d'être convaincante.

Miles se saisit avec ses baguettes d'un œil de thon, qu'il élève entre vous deux, sans vous quitter un instant du regard.

– À l'aventure ! dit-il.

Vous tapotez l'autre globe oculaire, puis vous l'attrapez en essayant de garder la main ferme. Cette chose est si grosse et si glissante que vous devez veiller à ne pas la laisser échapper de vos baguettes et rouler sur le comptoir. En plus d'être écœurant, ça ne sent pas vraiment bon, constatez-vous en l'approchant de votre bouche. Vous résistez et ne cherchez pas à esquiver le regard de Miles, qui arbore un air de défi.

Vous approchez tous deux cette spécialité japonaise de votre bouche, sans quitter l'autre des yeux.

Soudain, vous voyez avec horreur Miles ouvrir la bouche ; jamais vous ne pourrez l'embrasser s'il engloutit cette chose. Vous prenez alors conscience que vous n'avez que ça en tête depuis que vous avez fait sa connaissance. S'il est hors de question que vous avaliez un œil de thon, il est encore plus important qu'il ne le fasse pas.

Saisie d'un frisson, vous reposez le globe oculaire :

– Je ne peux pas, j'abandonne. Vous avez gagné !

– Vous abandonnez ?

– Oui, vous avez gagné. C'est trop écœurant !

– Oh, Dieu soit loué ! s'exclame-t-il, lâchant son œil de thon dans l'assiette.

Le globe oculaire glisse un peu avant de s'immobiliser contre son collègue ; les deux pupilles vous regardent d'un air malheureux.

– Je reconnais que vous êtes plus audacieux que moi en matière de nourriture !

Il esquisse un sourire, puis il se fige et se penche vers vous :

– Attendez, comment ça « en matière de nourriture » ?

Vous n'êtes plus séparés que par quelques centimètres. Vous percevez clairement l'énergie sexuelle bouillonnante qui n'a cessé de croître entre vous au cours de la soirée. Votre désir de l'embrasser sur-le-champ est insoutenable.

Katsuko intervient de nouveau et débarrasse les *unis* et les yeux de thons intacts.

– Et si on prenait un dessert ? vous propose Miles.

– À quoi pensez-vous ?

– Eh bien, ils ont de la glace au thé vert...

Avoir échappé de peu à une mort atroce par ingestion d'œil de thon vous rend hardie :

– Que diriez-vous de quelque chose d'un peu plus

décadent ? suggérez-vous, renonçant à toute prudence et glissant une jambe entre les siennes.

– Vous avez raison… Je n'ai, moi non plus, pas envie de glace. Et si nous allions chez moi ? Je suis certain que nous y trouverions le dessert idéal.

Vous hésitez quelques instants, luttant contre votre conscience, mais Miles est trop fascinant pour que vous y renonciez, au point où vous en êtes. Désolée, Melissa…

Miles demande l'addition et vous prend la main, tandis que vous vous dirigez vers la caisse.

– Merci pour ce dîner, lui dites-vous, en attendant que le reçu sorte de la machine à cartes de crédit.

Ses yeux perçants cernés de petites pattes-d'oie, il se penche vers vous et murmure, effleurant des lèvres votre oreille :

– Il était hors de question que j'avale cet œil de thon.

Vous vous dressez sur la pointe des pieds et soufflez :

– Il était hors de question que je vous laisse le faire.

Dehors, sur le trottoir, alors que vous attendez l'arrivée de votre taxi, Miles se décide enfin ; il vous agrippe le menton et vous embrasse passionnément. Sa bouche chaude a faim de vous. Vous avez la sensation que vos jambes ne vous portent plus ; il l'a sans doute perçu car, sans interrompre votre baiser, il passe les bras autour de votre taille et vous serre contre lui.

Tous deux à bout de souffle, il s'écarte enfin.

– Avant d'y aller, il faut que je te prévienne que je ne plaisantais pas quand je parlais d'audace, dit-il, glissant ses doigts entre les vôtres. Tu es sûre d'être partante ?

– Je ne suis pas sûre de te comprendre.

– En fait, j'aime m'écarter des sentiers battus.

Vous n'avez aucun doute à ce sujet ; cet homme est certainement différent des autres en tout point. Et Miles, ne vous voyant pas réagir, d'ajouter :

– Mais je peux t'assurer que ça te plaira.

– Qu'en sais-tu ?

– Je ne me suis pas trompé, pour les sushis, pas vrai ?

Les possibilités qui s'offrent à vous s'entremêlent dans votre esprit. Vous n'avez pas menti quand vous avez prétendu apprécier un peu d'aventure. Vous ne seriez pas contre un saut à l'élastique et vos amies savent que vous lisez parfois des romans coquins, néanmoins vous n'avez pas la moindre envie de vous retrouver ligotée dans un cachot. Mais enfin, cet homme est si affable qu'il est certainement incapable de faire des trucs trop fous. Et il a en effet vu juste, concernant les sushis. Vous hésitez.

Il est parfois préférable de se retirer sur une bonne note. Après tout, vous vous êtes bien amusée avec Miles Cornuti. Le moment est peut-être venu d'en rester là, n'ayant rien perdu de plus qu'un défi d'œil de thon et peut-être un peu de dignité. C'est tout de même le patron de Melissa. Aucun homme, si canon soit-il, ne mérite que l'on risque une amitié pour lui.

Vous pouvez, en outre, faire un tour au *coffee-shop* de votre quartier ; vous n'avez peut-être besoin que d'un chocolat chaud pour le dessert, finalement. Cela étant, ce regard à la George Clooney...

- *Pour suivre Miles chez lui, rendez-vous en page 138.*
- *Si vous préférez ne pas aller chez lui, rendez-vous en page 164.*
- *Si vous décidez de faire un crochet par le* coffee-shop *de votre quartier avant de rentrer chez vous, rendez-vous en page 268.*

Vous avez décidé de suivre Miles chez lui

Waouh. Depuis l'immense hall d'entrée, vous tentez d'assimiler tout ce qui s'offre à vos yeux. La maison de Miles est un chef-d'œuvre de luxe discret. On jurerait qu'elle a été agencée pour être photographiée pour un magazine de design minimaliste. Sur les murs blancs s'affiche une collection éclectique de tableaux. On y trouve de splendides œuvres d'art de style classique et d'autres plus modernes, du genre dont vous avez toujours pensé qu'un bambin de deux ans était capable de réaliser, même si vous êtes certaine que chacune de celles que vous découvrez équivaut au PIB d'un petit pays. Pas un objet n'est ailleurs qu'à sa place, et aucune tasse de café vide ne traîne. L'éclairage diffus adoucit les surfaces de pierre blanche.

Il vous fait visiter les lieux, le grand salon, la salle à manger, la cuisine, puis il vous fait gravir l'escalier, dont les marches plantées dans le mur semblent flotter en suspension sans effort. La hauteur de plafond est telle que l'on pourrait jouer au volley.

Votre destination finale est évidente et une certaine excitation vous gagne tandis qu'il vous mène à la chambre. Allez-vous vraiment faire cela ? Vous taper le patron de votre meilleure amie ? Vous éprouvez un soupçon de culpabilité, très vite noyé sous une vague d'impatience. Miles vous a à peine touchée : il y a eu ce baiser devant le restaurant, puis vous vous êtes tenu la main dans le taxi. Mais c'est tout pour le moment et pourtant vous avez davantage envie de lui que s'il vous avait peloté tout le corps. Chaque seconde qui passe sans qu'il vous touche accentue votre désir.

Il vous précède dans ce qui est clairement la chambre principale. Cette pièce comprend un lit de la taille d'un ring de boxe, une multitude de miroirs et une causeuse en cuir blanc disposée contre un mur. Il appuie sur un bouton : aussitôt, de la musique sort d'enceintes invisibles, tandis que l'éclairage s'atténue idéalement.

Enfin, il vous caresse la joue et vous agrippe de nouveau le menton afin de vous embrasser. Il s'écarte assez rapidement, comme pour vous taquiner, et vous force à vous pencher vers lui, à le chercher de votre bouche.

– Viens là... murmurez-vous, frustrée.

D'une main sur la nuque, vous le rapprochez de vous. Ne cherchant plus à tergiverser, il vous enlace férocement, vous incline la tête en arrière, défait votre coiffure et vous plaque contre la bosse dure comme la pierre qui déforme son pantalon sur mesure hors de prix. Vous vous cambrez, tandis qu'il empoigne vos cheveux à pleines mains. La différence entre le comportement affable auquel il vous a habituée et la passion avec laquelle il vous dévore est excessivement excitante. À en juger par l'érection que vous sentez grandir contre vous, il est évident qu'il partage votre ressenti.

Il recule d'un pas, vous laissant étourdie de désir et de confusion, puis il ôte sa chemise, dévoilant un torse qu'il doit de toute évidence à de longues heures de musculation.

– Enlève ta robe. Tout de suite.

Ce n'est pas une demande mais un ordre, ce qui vous fait marquer un temps d'arrêt.

– D'accord... répondez-vous, sans esquisser le moindre geste, le ventre quelque peu noué.

Vous n'êtes pas certaine de vouloir recevoir des ordres, même de la part d'un homme qui a l'habitude que des centaines d'employés lui obéissent au doigt et à l'œil.

Vous restez un moment à vous dévisager l'un l'autre et vous sentez qu'il a quelque chose à vous dire. Sa réticence le trahit.

– Qu'y a-t-il ? lui demandez-vous.

– J'aime faire les choses de façon un peu différente.

– Tu me l'as déjà dit, oui.

– J'ai une valise remplie de petites choses que j'aimerais partager avec toi. (Voyant l'air que vous prenez, il se hâte de préciser sa pensée.) Ce n'est pas de la drogue, ni quoi que ce soit dans ce genre...

Attends, je vais te montrer, ce sera plus parlant que des explications.

Miles sort une valise ordinaire de sous le lit. Noire et, comme il fallait s'y attendre, visiblement très chère, elle est en outre pourvue d'un solide cadenas.

– Tu t'en vas ? plaisantez-vous.

Votre tentative d'humour tombe à plat ; Miles vous ignore complètement. Vous espérez qu'il n'en sorte pas une combinaison de cuir moulante et qu'il ne vous demande pas de pisser sur lui, ou quelque autre bizarrerie dans ce style.

Il pose la valise sur le lit et ouvre sans difficulté le cadenas. Vous le regardez faire, curieuse et légèrement sur vos gardes.

– Approche et ne bouge pas, vous dit-il posément.

– Tu aimes donner des ordres, pas vrai ? faites-vous remarquer, restant où vous êtes.

– C'est mon boulot.

Sa voix est toujours douce mais plus insistante. Une partie de vous-même vous crie de filer d'ici, tandis que l'autre est curieuse. Vous avancez d'un pas et jetez un coup d'œil à l'intérieur de la valise. Vous apercevez quelques effets de cuir noir disposés dans le fond, par-dessus lesquels vous découvrez un arsenal de cravaches, fouets et autres accessoires, comme des petites raquettes de ping-pong ou des perles. Et même, des menottes ! Vous vous penchez, avec précaution, afin de détailler le tout de plus près. Il y a également des plumes d'autruche et tout un assortiment de vibromasseurs : d'une fine baguette à un engin si énorme qu'il en est terrifiant. Hors de question, songez-vous ; il faut savoir ne pas franchir certaines limites. Vous apercevez aussi une grande variété de préservatifs : striés, hérissés de piques, colorés ou parfumés.

– Je t'avais prévenue qu'il y aurait de l'aventure, dit Miles. Je suppose que tout cela est nouveau pour toi ?

– C'est le moins qu'on puisse dire... Un jour, pour s'amuser, mon copain m'a bandé les yeux avec une écharpe en soie, mais nous avons laissé tomber ça quand je lui ai, par mégarde, mis un doigt dans l'œil en pleine action.

– Je comprendrais tout à fait que tu préfères t'en aller. Tu n'as qu'un mot à dire et je t'appelle un taxi.

Vous le considérez avec hésitation. À quelques centimètres de vous, son torse nu se soulève régulièrement. Miles est de nouveau parfaitement maître de lui-même : la folie qui s'est emparée de lui quelques minutes auparavant a été domptée. Impossible pour vous de nier combien il est attirant, comme en témoigne votre string, qui menace de fondre d'un instant à l'autre.

– Attends, je vais t'expliquer, poursuit-il. Je propose de t'offrir un plaisir totalement différent de ce que tu as connu, je pense que tu l'as compris. Tu ne risques rien, je t'en donne ma parole. L'idée est de te faire découvrir quelque chose de nouveau.

Vous êtes tiraillée. Ceci est votre chance de goûter à un peu de sadomaso civilisé. Vous devez reconnaître que ce phénomène, dont tout le monde parle en ce moment, vous intrigue. Par ailleurs, être en compagnie d'un des hommes les plus puissants et les plus sexy de la ville ne gâche rien. Il est expérimenté, il possède tous les accessoires, il est discret et, à en juger par l'énorme bosse qui déforme son pantalon, il a très envie de vous. La question est : avez-vous vraiment envie de lui ? Si oui, le désirez-vous au point de tenter avec lui une expérience peu commune ? Ou le moment est-il venu de partir, avant que les choses ne deviennent vraiment flippantes ?

- *Si vous décidez de tenter cette expérience, rendez-vous en page 144.*
- *Si vous estimez que ce n'est pas votre trip et préférez vous en aller, rendez-vous en page 207.*

Vous avez décidé de tenter cette expérience

– Bon, en admettant que je sois d'accord...

Vous vous approchez encore un peu de lui, si bien que vos corps ne sont à présent plus séparés que par une mince couche d'air.

– Tu ne seras pas déçue, à mon avis, dit-il, sans esquisser le moindre geste pour vous toucher.

– Tu ne me feras pas mal ?

– Rien d'insupportable. Tu verras qu'une légère douleur peut parfois se muer en un plaisir intense. Si tu acceptes, bien sûr.

– Bien sûr. Mais si je veux que tu arrêtes ?

– Je cesse tout à la seconde où tu me le demandes. (Vous levez un sourcil, pas vraiment convaincue.) Il faut convenir d'un mot de sécurité, évidemment.

– Un mot de sécurité ?

– Quelque chose qu'on dit si, à un moment où un autre, on se sent mal à l'aise ; c'est un signe qui indique à l'autre de stopper instantanément ce qu'il est en train de faire. Les mots « stop » ou « non » ne sont pas toujours clairs, dans le feu de l'action. Quand l'extase est proche, « stop » peut vouloir dire « continue » ; nous devons donc choisir un mot précis, impossible à confondre avec un autre, et qui signifierait pour nous deux « arrête immédiatement ! ».

Tout cela vous semble surréaliste. Vous êtes vraiment en train de vivre ce moment-là : vous discutez d'un mot de sécurité avec un magnat des médias, qui se trouve, par ailleurs, être le patron de votre meilleure amie.

Vous êtes tentée de proposer un mot idiot, comme « *Jabberwocky*[1] » ou encore « obsédé du contrôle », mais une meilleure idée vous vient :

– Et si on prenait « oursin » ?

– Bonne idée, dit-il en souriant. Il n'y a aucune chance qu'un oursin surgisse dans la conversation, si ce n'est pour dire « stop ».

Vous acquiescez. Cette décision prise, Miles vous plaque contre lui et vous embrasse, enfin, de nouveau. Puis vous vous écartez l'un de l'autre. Il vous regarde un moment avant de changer de ton :

– Bon, retire cette robe ! J'ai autre chose pour toi.

Il sort de la valise un bustier de cuir noir brillant qui se lace dans le dos.

Vous demeurez immobile, peu habituée à recevoir des ordres dans cette situation, tâchant de décider si cela vous plaît ou non.

---

1. *Jabberwocky* est le titre d'un des poèmes les plus connus de Lewis Carroll, paru dans la première édition de *De l'autre côté du miroir et ce qu'Alice y trouva,* en 1871.

– J'ai dit : retire cette robe ! gronde Miles.

Votre corps est parcouru d'une onde de chaleur. Vous faites passer votre robe par-dessus la tête et la laissez tomber au sol. Miles dégrafe aussitôt votre soutien-gorge.

– Retire tout ! ordonne-t-il.

Vous déglutissez péniblement, puis faites glisser votre string sur vos jambes, tout en vous couvrant des mains. Vous ne restez pas nue très longtemps ; Miles vous aide à enfiler le bustier, puis il vous retourne et serre les lacets si fort dans votre dos que vous laissez échapper un petit cri.

Il vous récompense de votre obéissance en faisant courir un doigt de votre nuque jusque dans votre dos, à travers les lacets, puis il se colle contre vous et vous mordille les épaules. La sensation de son corps contre le vôtre vous donne envie de vous retourner, de l'étreindre et de l'embrasser. Dès votre premier geste, il vous agrippe les bras et vous immobilise :

– Je ne t'ai pas autorisée à te retourner.

La penderie de plain-pied qui se déploie d'un mur à l'autre est couverte de miroirs ; vous y voyez votre reflet, uniquement vêtue de vos talons aiguilles noirs et du bustier de cuir verni, les cheveux ébouriffés. Ce haut serré vous fait une taille de guêpe, vision qui vous coupe le souffle. Vous êtes *hot*, c'est indéniable. Dans votre dos, vous sentez le souffle de Miles, lorsqu'il murmure :

– Choisis un fouet.

Vous avalez votre salive, votre nervosité prenant momentanément le dessus sur le feu qui vous embrase le bas-ventre, mais vous jetez tout de même un regard dans sa valise. Elle contient des cravaches, un objet qui ressemble à une raquette de ping-pong, un autre qui évoque une brosse à cheveux géante pourvue de courtes piques métalliques d'un côté, une règle d'écolier d'autrefois ornée de quelques taches d'encre. Votre regard se pose sur un martinet en daim couleur crème qui se termine par plusieurs lanières de cuir doux nouées à leur extrémité. Vous désignez cet accessoire apparemment délicat et peu menaçant :

– Celui-là.

Miles s'en saisit, puis il vous guide jusqu'à la causeuse, qui doit valoir plus cher que tous les meubles de votre appartement réunis.

– Mets-toi devant moi, dit-il, en s'asseyant au bord du canapé.

Vous obtempérez, en vous disant que vous allez peut-être vous faire à ce petit jeu. Néanmoins, vous aimeriez qu'il cesse de vous donner des ordres et se mette à vous caresser sans tarder. Vous n'avez reçu qu'un minimum d'attention physique depuis que vous êtes entrée chez lui, si bien que vous en avez vraiment envie. Le désir monte en vous, les besoins s'accumulant les uns sur les autres.

– Retourne-toi, vous ordonne Miles. (Vous pivotez, dévoilant votre corps dans son bustier.) Parfait... Tu es très sexy, tu sais ? Mais tu as aussi été plutôt vilaine, n'est-ce pas ? Je crois que je vais devoir te donner une fessée.

Sans vous prévenir, il vous attrape par les poignets et tire si fort que vous en perdez l'équilibre et vous effondrez sur ses genoux. Votre chute vous fait glousser mais vous ne pouvez réprimer un hoquet de surprise quand Miles laisse traîner les lanières du fouet sur vos fesses et le bas de votre dos. Ce chatouillement est délicieusement érotique, tandis que l'érection sur laquelle vous êtes allongée grandit encore. Miles glisse le fouet sur vos cuisses, jusqu'aux genoux, puis le fait remonter. La douceur de ce contact sur votre peau dénudée est un délice, au point que vous le regrettez lorsque cessent ces caresses.

Vous entendez et sentez un petit claquement lorsque Miles lève le fouet et abat les lanières de daim sur votre derrière. Cela picote, sans être désagréable. Il enchaîne en passant une main fraîche sur vos fesses, là où elles viennent d'être fouettées. La caresse de ses doigts sur votre peau chasse instantanément les picotements.

Quelques secondes plus tard, il retire la main. Le fouet fait son retour, cette fois un peu plus fort. Les extrémités nouées s'abattent sur le bas des fesses, et même sur le haut des cuisses, pour certaines. Vous en avez le souffle coupé, heureusement Miles repose aussitôt la main sur vous et vous masse, faisant disparaître la douleur. Il vous caresse les fesses en décrivant des cercles, puis il vous donne soudain une claque. Vous poussez un cri, davantage dû à la surprise de recevoir brutalement le plat de la main à la place du doux cuir du fouet qu'à la piqûre qu'elle provoque.

Miles se remet à vous caresser, à vous masser. Ses doigts se glissent brièvement entre vos jambes ; le fait de savoir qu'il va découvrir que c'est humide vous rend encore plus trempée.

Après avoir laissé traîner quelques doigts sur votre intimité, il vous assène une nouvelle claque, avant d'aussitôt reprendre ses caresses sur votre peau désormais rougie et sensible au moindre toucher. Vous commencez à comprendre le but de la manœuvre : un peu de douleur inattendue, chaque fois suivie d'une récompense, sous la forme de caresses transformant la piqûre en quelque chose d'étonnamment érotique. Voilà pourquoi votre corps apprécie et réagit à un comportement que vous avez toujours estimé totalement inacceptable. Vous sentez un courant d'air frais sur vos fesses ; Miles doit être en train de souffler dessus. La sensation de la dernière claque s'estompe, pour être remplacée par de la chair de poule. Puis il retire de nouveau la main. Vous vous préparez à encaisser la prochaine claque.

Soudain, clac ! Le fouet s'abat de nouveau, sauf que cette fois, cela ne ressemble en rien à ce à quoi vous vous attendiez.

– Aïe ! Bon sang, ça fait mal ! (Vous vous dégagez de force et vous relevez quelque peu chancelante, puis vous vous frottez les fesses des deux mains.) Qu'est-ce que tu fous ? Ça fait vraiment mal, putain !

Pour la première fois, Miles a l'air déconcerté.

– Prononce le mot de sécurité si c'est nécessaire, vous rappelle-t-il.

– J'emmerde ce foutu mot ! Ça m'a fait mal ! Ne recommence pas !

Vous ne le quittez pas du regard, furieuse, les

mains sur les hanches et vos seins menaçant de déborder du bustier chaque fois que vous inspirez.

Miles est clairement dérouté. Il se passe la main dans les cheveux, faisant au passage saillir les muscles du bras. Il est si canon et a l'air si déçu que vous vous radoucissez. Bien que vos fesses vous fassent souffrir, vous n'en êtes pas moins hyperexcitée ; vous n'allez tout de même pas laisser cette occasion vous filer entre les doigts. Soudain vous vient une idée.

– Allonge-toi immédiatement sur le lit, lui ordonnez-vous. J'ai envie d'en profiter, moi aussi.

Vous dressant de toute votre taille, vous désignez le lit.

Il soutient votre regard un moment, durant lequel vous avez la sensation d'entendre des épées s'entrechoquer. Constatant qu'il ne bouge pas, vous le prenez par la main et le relevez brusquement.

– Sur le lit ! insistez-vous. Et en vitesse, je ne plaisante pas !

D'une main entre les omoplates, vous le poussez avec force. De façon surprenante, il se laisse faire comme un agneau, ce qui vous enhardit. Peut-être est-ce l'effet du bustier de cuir. Vous reprenez :

– Retire ton pantalon et penche-toi sur le lit. Tout de suite !

Vous plongez les mains dans la valise. Un sourire de satisfaction se dessine sur votre visage lorsque vos doigts se referment sur ce que vous cherchiez, pour céder la place à une expression de respect et d'admiration quand Miles ôte son pantalon et son caleçon d'un blanc aveuglant. Il pourrait aisément poser pour Calvin Klein, sauf que sa queue est plus grosse et ses tablettes de chocolat, mieux dessinées que chez n'importe quel mannequin pour sous-vêtements.

Vous vous observez l'un l'autre un moment, puis vous voyez avec incrédulité cet homme aussi grand que puissant s'approcher docilement du lit, se pencher et poser les mains sur le matelas, s'offrant totalement à votre merci. Les fesses toujours douloureuses, vous n'avez pas l'intention de faire preuve de la moindre clémence.

Vous vous placez à côté de lui et levez l'arme que vous avez choisie – la règle d'écolier –, tout en admirant ses fesses fermes et musclées, puis vous lui donnez une claque qui vous procure un bien fou. Il tressaille et gémit, ce qui vous inquiète ; vous êtes-vous laissé emporter par votre enthousiasme ? Vous le contournez et constatez l'effet de votre coup sur son sexe qui se dresse, déjà gonflé.

Après un temps d'arrêt, vous donnez un nouveau coup de règle sur les fesses de Miles, cette fois un peu plus fort, ce qui produit le même effet que précédemment. N'ayant pas oublié le plaisir procuré par les caresses après une claque, vous passez doucement la main sur la zone que vous avez touchée. Vous percevez sous vos doigts les traces des coups et vous l'entendez gémir. Il a la peau lisse et chaude et les muscles agités de mouvements convulsifs. Vous le frottez un peu plus vigoureusement, décrivant des cercles comme il l'a fait précédemment, puis, au moment où vous estimez qu'il s'y attend le moins, vous le frappez de nouveau avec la règle. Vous faites aussitôt intervenir vos doigts et massez, malaxez, caressez sa peau brûlante. Vous finissez par glisser la main entre ses jambes et peloter doucement ses testicules. Sentant son corps se raidir et frissonner d'excitation, vous poursuivez votre exploration sur son membre de plus en plus dur, le temps d'un unique aller-retour, avant de revenir à ses fesses parfaites.

Après une demi-douzaine de claques, la queue de Miles est au garde-à-vous et la grosse veine qui la parcourt palpite nettement. Jamais vous n'avez vu un tel spécimen, ce qui vous fait vibrer d'excitation à votre tour. Curieusement grisée par cette réaction, vous sentez que votre minou a de grands projets pour ce pénis.

De toute évidence, obéir excite Miles autant que commander. Vous estimez que le moment est venu de lui donner d'autres ordres.

– Allonge-toi sur le dos, les bras au-dessus de la tête, lâchez-vous d'une voix aussi sèche et assurée que celle d'une institutrice.

Ce faisant, vous reculez d'un pas et faites claquer à deux ou trois reprises la règle dans votre paume. Une fois encore, vous voyez avec stupeur Miles vous obéir sans une plainte.

Vous farfouillez dans la valise et en sortez les menottes. Elles ont l'air solides, presque authentiques. Au lieu d'une doublure ringarde comme de la fausse fourrure ou du tissu léopard, leur intérieur est recouvert de daim violet. Comme tout ce que contient cette maison, elles ont sans doute coûté cher. Vous en refermez une sur le poignet de Miles, puis vous accrochez l'autre à un montant du lit. Vous posez ensuite ostensiblement et d'un geste lent la clé sur la table de chevet opposée, de façon qu'il vous voie le faire. Vous ne voulez surtout pas rater ce moment.

Vous avez attaché un bras de Miles mais qu'allez-vous faire de l'autre ? Vous ne voulez pas lui laisser la moindre chance de se débattre. Une idée vous vient ; vous ramassez la chemise sur mesure dont il s'est débarrassé un peu plus tôt. Sans vous soucier d'en ménager le fragile tissu, vous vous en servez pour attacher le bras encore libre de Miles à l'autre montant du lit, faisant sauter des boutons de tous les côtés dans la manœuvre.

Pendant ce temps, Miles ne bouge pas, suivant chacun de vos gestes du regard et gémissant lorsque vous tirez sur ses bras. Dur comme de la pierre, son sexe est tendu vers le plafond. Vous ne rêvez que d'une chose, vous empaler dessus. Vous avez déjà pioché dans son coffre à merveilles quelques préservatifs à l'allure étonnante, noirs et recouverts de minuscules protubérances en caoutchouc qui, une fois en vous, vous procureront certainement des sensations inouïes.

Toujours vêtue du bustier et de vos talons aiguilles, vous grimpez sur le lit et enfourchez Miles. Sans le quitter des yeux, vous vous léchez les lèvres et ondulez des hanches, tout en frôlant son pénis.

– Demande-le-moi gentiment, lancez-vous, effrontée, lorsqu'il se cambre avec frénésie.

– S'il te plaît... vous supplie-t-il, sans plus aucune retenue.

Vous vient alors une autre idée. Il vous a allumée toute la soirée ; c'est à présent à votre tour. À genoux sur le lit, vous vous approchez de sa tête et vous asseyez sur sa poitrine.

– Tu as été très méchant quand tu m'as donné cette grosse claque, Miles. Le moment est venu de le payer.

Sur ces mots, vous écartez les cuisses et avancez encore un peu. Sa bouche est prête à vous accueillir. Dès la seconde suivante, c'est à votre tour de gémir. Les douces lèvres humides de votre sexe entrent en contact avec les siennes, fermes, dont l'effet est phénoménal. Sa langue ouvre avec vivacité votre fente et pénètre en vous, puis elle se glisse dans les profondeurs, en remontant un peu, jusqu'à vous arracher un cri.

Vous remuez doucement tandis qu'il tourne la tête d'un côté ou de l'autre. De sa langue brûlante, il vous lèche le clitoris, pour ensuite aspirer vos lèvres et tirer délicatement dessus.

Les deux mains sur la tête de lit, vous vous servez de ce point d'appui pour vous soulever ou vous baisser, de façon à moduler l'intensité de ses assauts. Vous finissez par vous rendre compte que vous êtes à deux doigts de jouir ; soit vous vous éloignez, soit vous vous laissez aller à l'orgasme.

Mais il est hors de question de passer à côté du splendide pénis qui vous attend. Vous faites donc l'effort de vous écarter. Miles et vous gémissez quand vous vous glissez sur lui, vers le bas. Vous marquez une pause, le temps d'enfiler le préservatif sur ce superbe membre en érection, vous émerveillant de la douceur de sa peau brûlante et rasée de près. Le voyant commencer à s'agiter, vous lui administrez une bonne claque sur les côtes.

– Ne bouge pas ! lui ordonnez-vous de votre voix la plus sévère. Je compte bien prendre tout mon temps !

Vous vous positionnez juste au-dessus de son pénis, dont vous frottez langoureusement le gland contre votre fente, ce qui a pour effet de vous exciter tous les deux davantage. Vous êtes si trempée que vous devinez à l'avance qu'il vous pénétrera sans effort. Le souffle court, il vous implore de nouveau.

Vous plaquez sur sa bouche une main qu'il vous mordille. Mais en vérité, cette attente devient insupportable. Vous vous glissez sur son pénis, ce qui vous arrache un soupir de soulagement, auquel se mêle un cri de stupeur lorsque vous constatez que cet énorme membre étire votre vagin jusqu'à ses limites. Vous effectuez quelques allers et retours dessus, afin de vous accoutumer en douceur à ses dimensions, après quoi vous reprenez le contrôle des opérations, consciente de devoir contenir l'orgasme de folie qui se profile. Vous vous figez, serrant Miles entre vos cuisses.

– Bon, c'est toujours moi qui commande. Voici les règles du jeu. Tu as le droit de t'enfoncer quatre fois en moi, pas une de plus. C'est compris ?

Vous aussi, vous savez faire preuve de discipline et de retenue, après tout. Miles avale sa salive avec effort. Vous avez remarqué qu'il bénéficie d'une vue idéale sur vos seins, dont les tétons ont jailli du bustier.

Vous l'autorisez à vous pilonner à quatre reprises, pesant de votre côté de tout votre poids sur lui en chacune de ces occasions, avant de vous retirer et de lui mordiller le cou. Vous percevez nettement ses halètements. Au bout d'une minute, vous le chevauchez de nouveau :

– Cette fois, tu as droit à dix coups. Seulement dix !

Il acquiesce vivement, clairement au désespoir de vous posséder. Lentement, vous vous laissez redescendre sur son membre. Vos yeux se révulsent lorsqu'il s'enfonce en vous. Vous comptez ses poussées à haute voix, une par une. À l'issue de la dixième, vous devez faire appel à toute votre volonté pour vous retirer. Miles gémit de plaisir et de frustration.

Vous mordillez un de ses tétons et parcourez d'une main son torse dur comme la pierre. La douceur de sa peau contraste avec la fermeté des muscles qu'elle recouvre.

– J'ai besoin de toi, tout de suite, vous glisse-t-il à l'oreille ; sentiment que vous partagez.

– Oh, et puis merde... lâchez-vous d'une voix cassée.

Vous l'enfourchez de nouveau et, les cuisses serrées, vous enchaînez lentement quelques va-et-vient sur son membre en décrivant des cercles avec les hanches, et cette fois sans compter quoi que ce soit. Vous vous laissez aller, tandis que la pression monte graduellement en vous. Les boutons de caoutchouc du préservatif confèrent une texture extraordinaire au pénis de Miles, que vous chevauchez aussi violemment. Vous êtes tous deux plongés dans un plaisir intense.

Vous atteignez l'orgasme la première, en une série de frémissements sonores. Conservant les mains plaquées sur le torse de Miles malgré les convulsions dont vous êtes la proie, vous continuez d'aller et venir sur lui. Quand enfin il se cambre sous vous, vous avez joui une seconde fois, presque sans force tant vous êtes comblée.

Il vous faut un long moment pour que vos respirations se calment, après quoi vous vous retirez, le corps trempé de sueur, et vous allongez à côté de Miles. Puis vous vous embrassez, de façon étonnante seulement pour la troisième fois, partageant un long baiser, tout en douceur.

Vous dénouez la chemise afin de permettre à Miles de vous caresser de sa main libre, toutefois l'autre reste accrochée au montant du lit. Il n'exprime pas le moindre désir d'être détaché.

– Eh bien, je n'avais pas du tout imaginé ça... murmure-t-il.

– Serais-tu en train de te plaindre ? lui demandez-vous, en faisant mine de vous emparer de la règle. (Il rit et vous attire contre lui.) Je serais navrée de devoir te bâillonner, surtout considérant les tours de magie que tu fais avec la bouche.

– Alors, que penses-tu de ta première incursion du côté obscur ? vous demande-t-il, enfouissant le visage dans vos cheveux pour déposer un baiser sur le sommet de votre crâne.

– Je n'ai peut-être pas apprécié autant que tu l'aurais voulu d'être dominée mais je dois avouer que j'ai adoré commander.

– Moi aussi, j'ai adoré te voir commander, dit-il, en caressant un de vos tétons de ses doigts libres.

Vous vous étirez et bâillez :

– Il est tard. Je crois que je ferais mieux d'y aller.

– Déjà ? Mais j'ai encore une valise remplie d'accessoires.

– C'est justement ce qui m'inquiète.

Vous vous levez. Vous commencez à avoir chaud et à être mal à l'aise dans le bustier. Vous défaites les lacets, non sans vous assurer de rester face à Miles, afin qu'il ne perde pas une miette de votre déshabillage. Autant continuer de le torturer – cela semble être le thème principal de la nuit –, songez-vous en prenant votre temps pour enfiler vos vêtements.

Quand c'est chose faite, vous vous laissez tomber sur le lit et embrassez goulûment Miles. Sentir sa langue se rendre maîtresse de votre bouche est un délice. Vous vous dégagez lorsque vous sentez sa main libre se glisser sous vos vêtements. Il est insatiable.

– Je crois que je ferais mieux de te laisser attaché, dites-vous en considérant son poignet menotté. Ne serait-ce que pour t'empêcher de te servir de tes mains pour me persuader de rester.

Il tire brièvement sur son bras prisonnier, puis il tente d'attraper la clé, qui est tout juste hors de sa portée, sur la table de chevet opposée. Il se laisse retomber sur le dos ; l'éclat qui embrase ses yeux est, pour vous, une récompense.

– Sexy *et* futée... dit-il. Si je ne peux pas te convaincre avec mes mains, j'imagine qu'il est inutile de te supplier de rester ?

– Merci, mais en effet, c'est inutile.

Vous vous penchez et l'embrassez une dernière fois, sur sa bouche sensuelle.

– Attends ! s'écrie-t-il d'une voix rauque. J'aimerais que tu fasses quelque chose avant de partir. S'il te plaît…

Vous vous retournez vers le lit.

– Quoi encore ?

– Je voudrais que tu sortes la petite raquette de la valise.

– D'accord. (Vous fouillez parmi les accessoires, quelque peu perplexe.) Celle qui ressemble à une raquette de ping-pong ?

– Oui, tu la vois ?

Vous la sortez de la valise et l'agitez en direction de Miles.

– La voici. Que veux-tu que je fasse ? Pas te donner d'autres fessées, tout de même ? (Il secoue la tête.) Quoi, alors ?

Tenant l'objet par le manche, vous l'examinez de plus près, cherchant à deviner quels sont ses différents usages.

– Je te donne un indice : *à l'envers.*

Vous retournez la raquette et inspectez le manche aux allures de godemiché légèrement strié. Enfin, vous comprenez.

– Tu veux que je… t'enfonce ça dans l'anus ?

Il acquiesce. Sans le quitter des yeux, vous faites lentement claquer la raquette contre votre cuisse. Vous abordez là un territoire inconnu, situé bien au-delà de vos habitudes. N'est-ce pas, cette fois, le signe évident qu'il est largement temps de prendre congé ? Cela étant, cette soirée est celle des nouvelles aventures : qu'avez-vous à perdre en offrant à Miles un petit cadeau de départ ?

- *Pour satisfaire Miles, rendez-vous en page 161.*
- *Si vous préférez vous en aller sans attendre, rendez-vous en page 162.*

Vous avez décidé de céder à la demande de Miles

Nooooon ! Avez-vous perdu la tête ? Il est hors de question que vous fassiez cela !

- *Filez immédiatement en page 162.*

Vous préférez vous en aller sans attendre

– Désolée, mais j'ai fait mon boulot. Au revoir, Miles, je suis certaine que tu réussiras à te détacher.

Vous rapprochez légèrement la clé des menottes de façon qu'il puisse l'atteindre au prix de quelques efforts. Puis vous vous dirigez vers la porte de la chambre en ondulant des hanches. Plus jamais vous ne regarderez une règle de la même façon. Même chose pour la prochaine partie de ping-pong !

En montant dans un taxi, devant chez Miles, vous repensez avec étonnement à votre soirée. Qui aurait pu deviner, quand vous vous prépariez, que vous finiriez ici ? Vous bâillez et vous étirez, totalement comblée. Il est vraiment temps de rentrer chez vous, songez-vous en donnant votre adresse au chauffeur. Vous pouvez également lui demander de vous déposer au *coffee-shop* situé non loin de chez vous. Un chocolat chaud serait une façon parfaitement décadente de conclure cette soirée décadente.

- *Pour rentrer directement chez vous, rendez-vous en page 243.*
- *Si vous préférez faire un crochet par le* coffee-shop *ouvert tard la nuit, rendez-vous en page 268.*

Vous préférez ne pas suivre Miles chez lui

– Écoute, il est tard. Je crois que je ferais mieux de rentrer chez moi, finalement, dites-vous en consultant votre montre.

Cet homme est fascinant mais il vaut peut-être mieux le laisser à l'état de fantasme. D'autre part, c'est le patron de Melissa ; vous n'avez pas envie de vous retrouver dans une situation gênante.

Les épaules brièvement affaissées, Miles retrouve vite son apparence polie et posée :

– Bien sûr, je comprends tout à fait.

Il plonge la main dans sa poche et en sort son portefeuille. L'espace d'un terrifiant instant, vous pensez qu'il va vous donner de l'argent. Heureusement, il sort sa carte de visite.

– Tiens, au cas où tu te sentes un jour d'humeur à tenter quelque chose de différent, vous dit-il, un sourire aux lèvres. Je t'appelle un taxi.

Toujours aussi directif. C'était peut-être sexy au

début mais à présent, cette façon de se comporter commence à vous agacer.

– Ça ira, merci. Je vais retourner à l'intérieur faire un saut aux toilettes. Je demanderai ensuite à Katsuko de m'appeler un taxi.

À ce moment précis, une voiture s'immobilise en douceur au bord du trottoir, juste à votre hauteur, la portière arrière exactement en face de Miles. Tout semble tomber si facilement dans les mains de cet homme ; pourquoi faudrait-il que vous fassiez de même ?

En parfait gentleman, il vous embrasse sur la joue. Vous retournez dans le restaurant avant même qu'il n'ait refermé la portière du taxi.

À l'intérieur, la salle est presque vide et l'éclairage a été baissé. N'apercevant pas Katsuko, vous vous faufilez entre les tables en direction d'un endroit d'où vous parviennent des voix et des rires.

Vous découvrez au fond du restaurant trois hommes assis à une table, occupés à jouer aux cartes. Vous en reconnaissez deux : les chefs qui ont préparé vos sushis. Le troisième est également vêtu d'une blouse de travail mais il doit travailler hors de la vue des clients. Trois têtes se tournent vers vous lorsque vous vous éclaircissez la gorge. Le plus mignon, celui qui maniait avec art son couteau un peu plus tôt, se lève d'un bond.

– Bonsoir, dit-il, tout sourire, avec un léger accent. Puis-je vous aider ? Avez-vous oublié quelque chose ?

Il se tourne vers le comptoir où Miles et vous avez dîné.

– Non, mais puis-je rester ici, le temps d'appeler un taxi et d'attendre qu'il arrive ?

– Bien sûr, vous répond chaleureusement le cuisinier, qui tend le cou derrière vous. Votre ami n'est pas avec vous ?

– Ce n'est pas mon ami, c'est le patron de ma meilleure amie.

Le charmant chef lève un sourcil, intéressé par ce détail, avant de reprendre une attitude plus courtoise :

– Bien sûr. Mettez-vous à l'aise. (Une idée lui vient soudain.) Vous ne sauriez pas jouer au poker, par hasard ? Takumi, un des serveurs, est généralement le quatrième joueur mais il a dû rentrer tôt. Nous étions sur le point d'arrêter mais nous pouvons encore lancer un ou deux tours.

Les deux autres paraissent sympathiques ; l'un d'eux hoche vivement la tête, mélange les cartes, les distribue. Vous remarquez qu'il vous compte parmi les joueurs, sans même attendre votre réponse.

– À quoi jouez-vous, exactement ? demandez-vous.

– Au poker Texas Hold'em, répond le séduisant cuistot, en écartant une chaise à votre intention. Vous connaissez les règles ? Ce n'est pas difficile, je pense que vous devriez vite comprendre.

– J'y jouais, à une époque, mais je dois être rouillée.

– Aucune importance, Makio n'est pas très doué, plaisante-t-il, ce qui fait rire un de ses compagnons.

Le troisième, qui doit être Makio, les considère l'air interrogateur ; il ne parle sans doute pas bien votre langue.

Sans être une pro, vous avez déjà joué au poker, ce qui témoigne de votre jeunesse décadente. Vous n'êtes donc pas tout à fait novice. Avec un peu de chance, vous n'allez pas vous ridiculiser. Allez-vous rester jouer quelques tours ? Ces types semblent plutôt sympathiques, en particulier le cuisinier en chef, plutôt agréable à regarder, ce qui ne gâche rien. Cependant, vous ne souhaitez pas vous imposer. N'est-ce pas par simple politesse qu'ils vous proposent de vous joindre à eux ? Peut-être devriez-vous rentrer vous détendre chez vous avec un bon DVD et du pop-corn.

- *Pour jouer au poker avec les cuistots, rendez-vous en page 168.*
- *Pour rentrer chez vous et regarder un film, rendez-vous en page 264.*

Vous avez décidé de rester jouer au poker

– D'accord. Je reste le temps de quelques tours, si vous m'assurez que je ne dérange pas.

Ils poussent tous les trois un cri de joie, tandis que vous vous installez.

– Je m'appelle Koji, se présente le cuisinier en chef, en vous serrant fermement la main. Voici Makio, qui ne parle pas votre langue, et Benjiro. Méfiez-vous de lui, il essaiera de regarder vos cartes.

Les deux autres restent assis mais inclinent avec politesse la tête. Vous leur adressez un rapide geste de la main et vous vous présentez à votre tour. Koji attrape un bol pour vous, derrière le comptoir, et vous verse du saké. Ils discutent entre eux en japonais pendant que vous avalez une gorgée du breuvage.

– La grosse blinde est à deux cents, la petite, à cent, explique Koji.

Il fait référence aux mises automatiques que l'on doit déposer avant même de jouer un tour. Les règles vous revenant en tête, vous ordonnez les jetons que

Makio a poussés dans votre direction, puis vous en misez quelques-uns. Vous vous saisissez de vos deux premières cartes, posées à l'envers sur la table ; vous les regardez, en les approchant le plus près possible de vous. Un huit et un cinq de cœur.

Benjiro, qui est donneur sur ce tour, brûle la première carte de la pioche en la mettant de côté, après quoi il étale trois cartes communes au centre de la table. Vous faites de votre mieux pour conserver un air impassible lorsqu'il dévoile un neuf de cœur, un six de carreau et un trois de cœur. Vous sentez votre pouls s'accélérer. Vous aviez oublié combien le poker peut être amusant. Comme si de rien n'était, vous reprenez une gorgée de saké, pendant que le donneur brûle une autre carte et retourne la quatrième carte commune. Dix de cœur. Vous devez faire appel à votre sang-froid pour ne pas afficher un grand sourire.

Benjiro brûle une dernière carte et retourne la cinquième et dernière carte commune ; celle-ci ne vous est d'aucune utilité mais cela n'a aucune importance. Ce que vous avez vous suffit déjà pour rafler la mise, ou en tout cas pour ne pas terminer dernière du tour. Vous n'avez pas besoin d'être une experte en poker pour savoir qu'une couleur est une excellente main.

Prenant soin de ne pas vous trahir, vous misez raisonnablement à trois ou quatre reprises, jusqu'à ce que Makio demande à voir. Vous retournez tous vos cartes. Chacun se penche afin de découvrir les mains adverses. Il vous faut une seconde pour comprendre que vous avez gagné. Vous avez envie de lever les bras et de danser autour de la table pour fêter votre victoire, tandis que les trois autres joueurs vous considèrent avec stupéfaction.

– Je croyais vous avoir entendu dire que vous ne saviez pas bien jouer ! s'exclame Koji en vous souriant.

Benjiro applaudit et Makio se gratte la tête.

– C'est le cas ; ce doit être la chance du débutant, répondez-vous, aux anges, en balayant vers vous le tas de jetons remportés.

Les deux tours suivants sont catastrophiques pour vous : vous perdez presque tout ce que vous a rapporté votre couleur. Vous vous couchez rapidement lors du troisième, avant de perdre face à Benjiro qui réussit à sortir deux paires de figures.

Quoi qu'il en soit, vous vous amusez beaucoup, à présent bien intégrée à la table. Qui aurait pu deviner, alors que vous vous prépariez pour une soirée entre filles en ville, que vous finiriez dans un restaurant japonais discret, à jouer au poker avec trois cuisiniers ?

Vos compagnons bavardent, passant aisément de votre langue au japonais, que Koji ne manque pas de vous traduire autant que possible. Vous ne pouvez vous empêcher de discrètement l'observer. Ses cheveux sont noir de jais coupés court sur la nuque et un peu plus longs sur le front, il est doté de sourcils très foncés, d'un long nez aquilin et de lèvres charnues. S'il n'était pas un véritable spécialiste des sushis, il pourrait défiler sur les podiums. Il ne perd pas une occasion de remplir votre bol de saké et vous sourit quand vos regards se croisent. Vous le surprenez une ou deux fois en train de vous observer, alors qu'il vous croit concentrée sur votre jeu, ce qui fait légèrement accélérer vos battements de cœur.

Après deux tours sans victoire pour vous se produit un miracle : on vous distribue un neuf et un roi de trèfle, puis Makio, qui fait office de donneur, dévoile les cartes communes : dix, valet et dame de trèfle. Vous écarquillez les yeux, consciente que vous possédez la Rolls-Royce des mains au poker. Vous tâchez de rester calme, de vous souvenir des astuces dont vous avez entendu parler à propos du bluff, afin de ne pas vous trahir. Vous misez aussi prudemment que possible, tout en faisant grossir le pot.

Benjiro se couche presque immédiatement, suivi peu après de Makio, qui plaque ses cartes sur la table, face cachée, en secouant la tête. Vous vous retrouvez face à Koji, dont l'éclat du regard vous indique qu'il dispose également de bonnes cartes. Vous réfléchissez à toute allure afin d'imaginer celles dont il a besoin pour vous battre, toutefois vous êtes à peu près certaine que votre main est imbattable. Vous faites mine de soupeser les options qui s'offrent à vous, tripotant vos jetons et donnant l'impression d'hésiter à en risquer davantage. Après quelques mises supplémentaires, vos réserves à tous les deux diminuent dangereusement ; pas plus que Koji, vous ne voulez céder la première.

– Tapis ! lance Koji, avec un sourire malicieux.

Tout en évaluant les quelques jetons restant devant vous, il pousse tout ce qui lui reste au centre de la table. Puis il retourne ses cartes. Il a un full aux as par les valets. C'est une main très forte, mais pas assez. Vous restez impassible, malgré votre cœur qui bat à tout rompre. Benjiro et Makio se penchent vers leur collègue et poussent des cris d'admiration en découvrant ses cartes.

Vous dévoilez les vôtres en prenant un air innocent.

Benjiro et Makio crient de plus belle, tandis que Koji, qui s'apprêtait déjà à ramasser les jetons, pensant avoir gagné, regarde les cartes, lève les yeux vers vous, puis considère de nouveau votre main.

– Quoi ? C'est impossible ! s'écrie-t-il, l'air si choqué qu'il en est presque comique.

Vous souriez tranquillement, comme si vous sortiez des quintes flush de nulle part et ratissiez vos adversaires tous les jours de la semaine.

Benjiro débite à toute allure quelques mots en japonais, ce qui fait s'esclaffer Makio. Vous devinez qu'ils se moquent de Koji, qui rit également de bon cœur.

– Vous m'avez bien eu, dit-il, tandis que Benjiro et Makio rassemblent leurs jetons. Ils veulent savoir si vous reviendrez la semaine prochaine. (Les deux autres vous sourient.) Ils disent que toute personne qui me bat devient leur amie !

Tout le monde se met à rire. Pendant que Benjiro et Makio comptent leurs jetons et vident leurs bols, vous vous excusez et vous rendez aux toilettes.

En vous lavant les mains et en vous recoiffant sommairement, vous imaginez Koji à la table, les muscles bien dessinés de ses avant-bras. Vous vous voyez rougir dans le miroir. Vous visualisez ses lèvres plaquées sur les vôtres : elles sont à coup sûr aussi douces que des coussins et aussi juteuses qu'un fruit mûr. Vous profitez quelques secondes du sèche-mains bien chaud, à côté duquel vous remarquez un distributeur de préservatifs, fixé au mur, près du lavabo. Cela pousse votre imagination bien au-delà des baisers. Vous vous demandez ce que peut valoir Koji au lit. Vous avez déjà eu la preuve de sa dextérité ce soir. S'il est aussi doué avec sa langue que le couteau en main, ce doit être impressionnant, songez-vous, avant de rougir de nouveau.

Le distributeur de préservatifs vous ayant donné des idées, vous piochez subitement dans votre sac à main quelques pièces, que vous glissez dans la fente. Vous actionnez la poignée : un préservatif enveloppé dans une pochette violette vous tombe dans la main. Vous le lâchez aussitôt dans votre sac. Si vous ne savez pas vraiment quelle raison vous pousse à agir de la sorte, vous vous dites qu'on n'est jamais trop prudent.

Quand vous regagnez la salle, vous constatez qu'il ne reste plus que Koji, occupé à distraitement battre les cartes.

– Les autres sont partis ?

– Oui, vous répond Koji. Ils m'ont chargé de vous dire au revoir et de vous remercier pour la partie. Ils m'ont également demandé de vous donner rendez-vous la semaine prochaine, à la même heure et au même endroit. Ils espèrent vous voir remplacer Takumi. Non seulement vous êtes beaucoup plus agréable à regarder que lui, mais en plus nous le soupçonnons de tricher.

Ce compliment discret vous fait sourire.

– Je suis désolée de ne pas les avoir salués, dites-vous, quelque peu déçue que la soirée s'achève. Je les ai trouvés très sympathiques.

– Ce sont de bons garçons. Ils sont tous les deux avec moi depuis le début. Makio est mon cousin.

– Vous êtes propriétaire du restaurant ? demandez-vous, impressionnée.

– Katsuko est ma sœur, nous le gérons ensemble.

– C'est fantastique, en tout cas. Je n'ai jamais dégusté d'aussi bons sushis, en mettant de côté les yeux de thon !

– C'est ce que vous avez commandé ! s'esclaffe Koji, rejetant la tête en arrière.

Vous secouez la tête afin de chasser ce souvenir.

– Merci beaucoup de m'avoir proposé de jouer avec vous.

Vous sortez votre portable de votre sac, afin d'appeler un taxi.

– Vous n'allez pas partir si vite ? vous dit Koji l'air déçu. J'espérais que vous me donneriez une chance de me refaire.

Vous le dévisagez un bon moment, saisie de frissons à l'idée de jouer avec lui seul, et réprimez votre désir de glisser les doigts dans sa frange. Vous finissez par accepter :

– Pourquoi pas ? Quelques tours et j'appelle un taxi.

Vous vous rasseyez tous les deux, à présent seuls dans le restaurant. Sous l'éclairage réduit à son minimum, votre respiration s'accélère déjà lorsque Koji distribue les cartes. Vous vous octroyez une grande gorgée de saké car vous avez besoin d'un peu de courage japonais. Koji commence par vous battre, puis vous prenez votre revanche. Cela dit, perdre est un plaisir puisque cela vous permet de voir ses lèvres se soulever et esquisser un sourire chaque fois qu'il gagne.

Alors que c'est à votre tour de donner, vous battez les cartes lorsque vous vient une idée plutôt audacieuse. Vous êtes vous-même surprise lorsque les mots sortent de votre bouche :

– Et si nous pimentions un peu les enjeux ?

– Les mises, vous voulez dire ? dit-il en levant un sourcil.

– Oui, pourquoi pas ?

– Que proposez-vous ?

Vous pensez tous les deux à la même chose, c'est évident. La seule question est de savoir qui va en parler le premier.

Vous vous lancez :

– Disons qu'à chaque tour le perdant doit ôter un vêtement !

– Je pensais que vous n'oseriez pas le proposer ! Mais votre chance de débutante ne durera pas éternellement, vous savez. Je compte bien vous déshabiller !

– Nous verrons bien...

Vous distribuez rapidement les cartes, espérant qu'il ne va pas remarquer que vos mains tremblent. Vous le battez lors du premier tour, grâce à une simple paire de valets que vous avez eu la chance de recevoir. Il sourit et, sans le moindre commentaire, se lève et prend tout son temps pour déboutonner sa blouse de cuisinier, sans vous quitter un instant du regard. Il ne porte rien en dessous. Émerveillée, vous découvrez son torse lisse et musclé ; ses abdominaux sont si bien dessinés qu'on les jurerait sculptés avec un de ses couteaux. Vous le dévorez du regard. Au point où vous en êtes, détourner les yeux vous paraît aussi peu probable que de vous envoler sur la lune.

C'est ensuite à son tour de donner. Pendant qu'il bat les cartes, vous procédez à un rapide calcul vestimentaire ; vous portez votre robe, vos talons aiguilles, votre soutien-gorge et votre string, rien de plus. Quant à lui, il lui reste ses chaussures, ses chaussettes, son pantalon et un sous-vêtement. Vous êtes donc à présent tous deux à égalité. Vous bénissez votre bonne étoile de vous avoir fait choisir le string en dentelle ce soir. Koji a raison : votre chance ne va pas durer éternellement. Vous réussissez à conclure le deuxième tour avec deux paires plutôt faibles, qui battent tout de même sa paire de dix. Il ôte ses chaussures.

C'est ensuite vous qui perdez. Vous retirez lentement vos talons afin de l'allumer un peu après le numéro qu'il vous a servi en se débarrassant de sa blouse. Il rit et remplit vos bols de saké.

La tête bourdonnante de désir, votre envie de tendre le bras pour caresser le torse de Koji s'intensifie de seconde en seconde. Vous avez ensuite la joie de le voir rapidement perdre deux tours d'affilée, au point que vous vous demandez s'il le fait exprès. Il retire d'abord ses chaussettes, puis il se voit contraint de se lever et d'ôter son pantalon. Il ne porte plus que son slip d'un blanc éclatant qui tranche avec sa peau bronzée. Vous dévorez du regard ses cuisses lisses et fermes et ne pouvez que remarquer une généreuse érection qui grandit à vue d'œil.

– Je crois que je suis maudit, dit-il, plaisantant afin de dissiper la tension sexuelle qui s'élève comme de la fumée entre vous. Heureusement que nous ne parions que des vêtements. Si nous avions joué de l'argent, vous m'auriez rincé.

– J'ai simplement beaucoup de chance... répondez-vous, esquissant un sourire sans le quitter des yeux. (Qui aurait cru que le poker pouvait tant rapporter ?) Si vous voulez mon avis, je préfère notre façon de jouer aux mises d'argent. À vous de donner.

Vous lui tendez le paquet de cartes. Il s'en saisit en vous effleurant les doigts, faisant grimper la tension d'un cran.

Il bat les cartes en vous observant avec soin.

– Qu'allons-nous miser sur ce tour ? demandez-vous d'une voix rauque.

Il s'interrompt un instant :

– Le gagnant rafle tout...

Vous hochez la tête, la poitrine et le sexe brûlants de désir. Il distribue les cartes. Vous vous emparez des vôtres, que vous redoutez presque de découvrir. Tandis que Koji étale les autres, vous prenez connaissance de votre jeu, espérant qu'une combinaison valable se matérialise sous vos yeux, mais vous n'avez rien. Lorsque vient le moment de révéler votre main, la seule couleur présente de votre côté est celle de vos joues. Koji pousse un cri de joie et vous dévoile sa paire de quatre. C'est loin d'être la meilleure main de l'histoire mais elle suffit pour vous battre.

– Enfin ! s'écrie Koji, un grand sourire aux lèvres. J'ai gagné !

– Oui... et le gagnant rafle tout.

Sur ces mots, vous vous levez et passez les mains sous votre robe. Lentement, afin d'aguicher Koji comme il convient, vous faites glisser votre string sur vos jambes, jusqu'à hauteur des chevilles, puis vous l'abandonnez en soulevant avec précaution les pieds l'un après l'autre.

Koji ne perd pas un seul de vos gestes, le regard chargé de désir et la queue maintenant tendue de façon impressionnante contre le léger tissu de son slip. Après avoir laissé tomber le string au sol, non loin de la chaise sur laquelle Koji est assis, presque nu, vous vous installez à califourchon sur ses genoux. Vous sentez aussitôt la chaleur de son corps et, sous vos fesses, sa virilité plaquée contre votre chair, dont elle n'est séparée que par le dernier vêtement qu'il porte. Lorsqu'il vous étreint et vous embrasse, vous constatez que vous aviez vu juste concernant ses lèvres, si charnues et si douces qu'elles avalent les vôtres. Sa langue a un goût de saké. Pendant ce baiser, Koji frotte son membre contre votre sexe trempé ; vous réagissez en sens inverse avec tout autant de vigueur.

De la bouche, il parcourt un côté de votre cou, tout en caressant l'autre de ses doigts habiles et puissants.

Puis il vous embrasse de nouveau et fait glisser les bretelles de votre robe et de votre soutien-gorge, afin de prendre vos seins à pleines mains et de les masser en douceur. Il couvre ensuite un de vos tétons de sa bouche et le titille avec sa langue très agile. Vous embrassant une fois encore sur les lèvres, il baisse doucement les mains jusque sur vos cuisses, qu'il masse, avant de remonter peu à peu, jusqu'à ce que ses pouces se retrouvent en train d'explorer votre entrejambe. Enfin, ils trouvent votre fente, qu'ils se mettent à caresser.

Vous fermez les yeux, tâchant de ne pas oublier de respirer, tandis que des ondes de plaisir se propagent dans votre corps. Vous baissez les mains afin de libérer son pénis rigide qui palpite, toujours prisonnier de son slip. En le parcourant des doigts, vous constatez avec surprise combien il est lisse et soyeux ; sa peau est si douce au toucher que l'on dirait du velours.

– Jamais je n'aurais cru être si heureux de perdre ma chemise, littéralement parlant, murmure Koji. Même perdant, je gagne au change...

Il incline la tête et vous embrasse de nouveau avec passion. Sans un mot, vous tendez le bras vers la table et vous saisissez de votre sac à main, d'où vous sortez le préservatif acheté plus tôt. Vous le donnez à Koji et le regardez en déchirer l'emballage et l'enfiler. Il vous embrasse encore dans le cou, pendant que vous laissez courir vos ongles dans le haut de son dos, puis sur les épaules et dans la nuque, jusqu'à la naissance des cheveux. Vous alternez les grattements en douceur, à peine des chatouilles, et des griffures plus prononcées, chargées de davantage de désir. Vous redescendez vos ongles sur ses épaules et sur ses côtes. Koji respire bruyamment sous vos caresses.

Enfin, incapable d'attendre plus longtemps, vous empoignez sa queue dans la main et vous glissez dessus. Il prend toute la place que votre intimité a à lui offrir, ce qui vous coupe le souffle. Vous vous mettez à osciller lentement en avant et en arrière, vous habituant à la taille et à la forme du membre que vous accueillez en vous. C'est si bon que c'en est presque insupportable. Comprenant le message suggéré par vos gémissements, Koji se met à remuer les hanches en rythme avec les vôtres. Peu à peu, vous augmentez la cadence, sans jamais vous séparer l'un de l'autre ; vous avez la sensation qu'il vous masse le vagin de l'intérieur. Les yeux fermés, vous lui agrippez les épaules. Il vous embrasse alors avec un tel abandon que, l'espace d'un instant, vous oubliez où vous vous trouvez.

Vous ne voulez plus vous retenir : vous bougez encore plus vite, jusqu'à être submergée par un orgasme. Les lèvres toujours pressées contre les vôtres, Koji enroule sa langue autour de la vôtre, partageant jusqu'à votre respiration. Alors que vous lui griffez le dos, vous sentez votre vagin se contracter et se relâcher autour du pénis de votre partenaire, sensation qui fait basculer celui-ci au-delà du point de non-retour. Il vous prend dans ses bras à la seconde où il jouit et vous serre contre lui en hurlant de plaisir.

Noyée sous le soulagement apporté par l'orgasme, vous vous laissez aller, le front contre cette épaule d'une douceur idéale, tandis que vous tentez tous deux de reprendre votre souffle.

Koji est le premier à retrouver assez d'énergie pour parler :

– Que dirais-tu d'un autre tour ? Quitte ou double...

Vous gloussez malgré vous dans son cou.

Plus tard, alors que vous avez tous deux remporté une victoire supplémentaire, Koji vous guide jusqu'à sa cuisine. Il ne porte que son slip, tandis que vous avez enfilé sa blouse trop grande pour vous et dont vous avez remonté les manches. Il prépare du thé vert. Assise sur un tabouret, au comptoir, vous soufflez sur votre breuvage pour le refroidir, tout en admirant ses gestes adroits et sûrs, quand il essuie ses couteaux et les replace dans leur mallette en cuir.

Sentant votre regard sur lui, il ouvre un réfrigérateur et en sort un radis parfaitement formé. Il choisit ensuite un petit couteau manifestement très aiguisé et s'attaque au radis. Ses mains bougent si vite que vous ne les distinguez plus nettement. Quelques secondes plus tard, il vous tend le radis, qu'il a sculpté en une rose parfaite. Vous éclatez de rire, touchée par cette tendre attention, puis il range son dernier couteau, avant de vous offrir un nouveau baiser, tout en douceur.

Les jambes en coton, vous regagnez la salle du restaurant. Pendant que vous appelez un taxi, Koji éteint les lumières et verrouille les accès de l'établissement. Il est grand temps de rentrer chez vous, le sourire aux lèvres. La seule décision à prendre consiste à déterminer si vous allez vous arrêter au *coffee-shop* de votre quartier pour vous y offrir le chocolat chaud de la victoire.

- *Pour rentrer directement chez vous, rendez-vous en page 243.*
- *Si vous souhaitez faire un crochet par le* coffee-shop *ouvert tard le soir, rendez-vous en page 268.*

Vous avez décidé de faire un tour dans la voiture de sport, en compagnie du garde du corps

Le sosie de George Clooney s'éloigne dans son taxi. Il était certes charmant mais ce soir, vous vous sentez davantage d'humeur à sillonner les rues à bord d'une voiture de sport.

– Vous êtes prête ? vous demande le garde du corps, de sa voix profonde et lente, en remisant son portable dans sa poche.

– Tout va bien ? répondez-vous en désignant son téléphone.

– Oui, pas de problème. Juste un léger malentendu. (Il désigne le bolide en souriant.) Alors, on y va ?

Vous hésitez :

– Ma mère m'a toujours dit de ne jamais monter dans la voiture d'un inconnu.

– Ça ne vous rassure pas que je sois un ancien flic ?

– Un peu, mais qu'est-ce qui me dit que vous étiez un gentil flic et non pas un méchant flic ?

Son sourire dévoile des fossettes sur ses joues, sans parler de ses dents blanches parfaites, qui adoucissent sa mâchoire.

– Pour être honnête, à l'époque, il m'arrivait parfois de devoir être un peu des deux, mais ce soir, je vous promets que vous n'aurez affaire qu'au gentil flic.

Vous envisagez les options qui s'offrent à vous. Vous n'avez pas pour habitude de monter dans la voiture d'un inconnu, toutefois ce type ne vous est pas complètement étranger, si ? Premièrement, vous vous sentez en sécurité avec lui, et votre instinct vous trompe rarement. Deuxièmement, c'est le garde du corps personnel de Charlie Dakar, des Space Cowboys ; veiller sur les gens est son métier. Troisièmement, il ne vous propose pas une virée dans une voiture ordinaire mais dans un bolide au moteur gonflé qui n'a été produit qu'en très peu d'exemplaires. Les règles sont certainement légèrement modifiées, dans ce genre de situation, non ?

Vous caressez les courbes lisses du véhicule. Un régal pour les yeux. Vous ne pouvez vous empêcher de vous demander ce que votre ex, fan de voitures, penserait s'il apprenait que vous hésitez à faire un tour dans une telle merveille. Ou ce que Melissa dirait si elle avait vent de vos projets et de l'identité du propriétaire de la voiture.

– J'ai une idée, dit le garde du corps, tendant la main. Donnez-moi un instant votre portable.

Intriguée, vous obtempérez. Il se place devant la voiture et la photographie avec votre téléphone, qu'il vous rend aussitôt.

– Et voilà, reprend-il. Envoyez ça à un ami et dites-lui avec qui vous êtes. Comme ça, s'il vous arrive quoi que ce soit, la police saura de quel côté commencer son enquête.

Vous constatez qu'il a pris une photo de la plaque d'immatriculation (qui, de façon quelque peu gênante, est SEXGD 1). Vous faites l'effort de vous rappeler que cet homme n'est pas le propriétaire de la voiture. Si tel était le cas, la question de le suivre ou non ne se poserait plus. Sans parler du fait de ne jamais monter à côté d'un inconnu, aucune femme qui se respecte ne devrait accepter de s'installer dans le véhicule d'un individu ayant choisi une plaque d'immatriculation personnalisée si arrogante. Vous approuvez :

– Excellente idée !

Vous balancez en vitesse un MMS à Melissa, non sans lui décrire vos projets. Vous ajoutez que vous lui enverrez un autre texto d'ici deux heures, afin de lui confirmer que tout va bien.

Le garde du corps vous ouvre la portière côté passager. Vous vous glissez dans le siège baquet. La sensation du cuir, doux et frais sur la peau, est délicieuse. L'intérieur du véhicule ne comporte pas un seul rebord anguleux ; les surfaces ne sont que lignes pures et incurvées. Quant au tableau de bord, il ne déparerait pas le moins du monde dans une navette spatiale.

Votre compagnon referme la portière, fait le tour de la voiture et s'installe côté conducteur. Il retire sa veste, qu'il lance sur la banquette arrière, ce qui vous offre l'occasion de détailler les muscles de ses bras, qui tendent les manches de son tee-shirt. Vous vous êtes demandé s'il entrerait dans l'habitacle mais celui-ci est plus spacieux que vous ne l'imaginiez. Le garde du corps occupe toute la place disponible dans son siège, cependant l'espace qui sépare sa tête du plafond est largement suffisant pour son confort.

En attachant sa ceinture, il effleure brièvement votre cuisse. Ni vous ni lui ne commentez ce fait mais votre peau s'embrase à l'endroit où il l'a touchée. Vous captez quelques effluves de son parfum, une senteur boisée masculine qui se marie parfaitement avec le cuir de la voiture. L'espace d'une seconde, vous repensez à M. Intense. Cela étant, assise à côté de cette montagne humaine, le corps fourmillant d'impatience à l'idée de foncer dans la nuit à bord d'un bolide gonflé, vous n'éprouvez pas l'once d'un regret.

Vous lui donnez votre adresse, qu'il enregistre dans le GPS.

– Ça ne vous dérange pas si je passe par l'autoroute ? vous demande-t-il. Ça nous fait un léger détour mais, à cette heure, sans personne sur la route, ce sera plus amusant.

Vous prenez un instant pour réfléchir :

– D'accord. Mais si j'ai l'impression que vous tentez de m'enlever, je tire sur le frein à main. À pleine vitesse. Vous imaginez ce que ça peut donner.

Vous lui souriez gentiment, tandis qu'il émet un grondement surgi des profondeurs en guise de gloussement.

– Ne vous en faites pas, vous ne craignez rien avec moi, je vous le promets, dit-il en tournant la clé de contact.

La voiture se met à ronronner. Il fait rugir le moteur, dont vous sentez la puissance se propager dans votre corps. Il appuie ensuite sur un bouton. Aussitôt, le toit coulisse et s'ouvre sur les étoiles.

Il déboîte puis laisse le moteur tourner au ralenti.

– Prête ?

Vous ouvrez la bouche pour répondre mais ne pouvez que pousser un cri, euphorique, lorsqu'il appuie sur l'accélérateur et fait bondir la voiture. Vous êtes plaquée dans votre siège. L'engin prenant de la vitesse, vous vous mettez à rire. Encouragé par votre réaction, le garde du corps fonce dans les rues, ses muscles se contractant à chaque changement de vitesse. Il allume la sono. Vous vous détendez, le rythme de la musique et le grondement du moteur résonnant dans votre corps. Vous constatez combien il est à l'aise au volant ; il est fait pour cette bête mécanique. Tout comme vous, d'ailleurs.

Vous filez à travers la ville déserte, en cette fin de soirée, la musique à fond et le vent dans les cheveux. Votre chauffeur s'élance sur l'autoroute, ralentissant à peine sur la bretelle d'entrée. Vous éprouvez une vague sensation d'apesanteur – votre cœur cesse un instant de battre – lorsque la voiture chasse, avant de recoller à la chaussée. Il cherche clairement à se mettre en valeur en poussant le bolide à son maximum. Celui-ci avale les kilomètres sur l'autoroute quasi déserte. Votre cœur bat la chamade ; en vous tournant vers votre compagnon, vous constatez que l'euphorie affichée sur son visage correspond en tout point à ce que vous ressentez.

Soudain, sans prévenir, et au grand dam du GPS, qui entreprend aussitôt de calculer un nouvel itinéraire, le garde du corps donne sèchement un coup de volant et s'engage presque de travers vers une sortie. Il redresse sans effort le véhicule et file sur la bretelle.

– Désolé ! crie-t-il par-dessus la musique. Mon portable vibre. Il faut que j'écoute mes messages.

De retour en ville, il freine brusquement devant une boutique ouverte la nuit. Par réflexe, vous vous retenez à sa jambe lorsque la voiture s'immobilise dans un crissement de pneus. Embarrassée, vous retirez aussitôt la main. Mais vous êtes ravie de constater que vous avez vu juste ; à en juger par la consistance de sa cuisse, son corps est tout en muscles. Il coupe le contact, ce qui vous permet enfin de vous entendre de nouveau penser.

– Pardon...

Vous avez certainement les joues écarlates à cause de l'afflux d'adrénaline, tandis que vos cheveux doivent être tout décoiffés, fouettés par l'air nocturne.

– Pardon pour quoi ? dit-il en sortant son mobile qui vibre de sa poche.

– Pour m'être agrippée à votre jambe.

– Elle vaut le détour, pas vrai ? enchaîne-t-il.

Vous remarquez qu'il a lui aussi rougi.

– Quoi donc ? La voiture ou votre jambe ?

Il s'esclaffe, puis consulte son téléphone.

– Mon rendez-vous m'attend, dit-il, légèrement déçu. J'imagine que je ferais mieux de vous conduire chez vous avant.

Tout aussi déçue, vous voyez deux adolescents lancer des regards admiratifs vers la voiture puis disparaître dans la boutique.

– À moins que... dit-il, laissant sa phrase en suspens.

– Que quoi ?

– Vous pouvez m'accompagner, si ça vous fait plaisir. Ça ne fera qu'un rapide détour. Et je vous conduis ensuite chez vous.

– En quoi consiste cette *course*, exactement ?

– Elle n'a rien d'illégal, je vous l'ai dit. Je dois simplement aller chercher quelque chose pour Charlie. Ce ne sera pas long. Et nous pourrons reprendre l'autoroute, sourit-il de nouveau.

Vous êtes songeuse. Vous n'avez assurément pas eu votre content de cette voiture, sans parler de cet homme. Mais qu'a-t-il en tête, bon sang ? Peut-être devriez-vous faire preuve de prudence et regagner le bar pour un dernier verre.

- *Si vous décidez d'accompagner le garde du corps, le temps de sa mystérieuse course, rendez-vous en page 190.*
- *Si vous préférez lui demander de vous raccompagner au bar, rendez-vous en page 209.*

Vous avez décidé d'accompagner le garde du corps, le temps de sa mystérieuse course

– Je viens avec vous à une condition. Non, à deux conditions.

– Je vous écoute, mais n'oubliez pas qui rend service à qui.

– Un : vous ne m'impliquez pas dans quoi que ce soit qui risque de me faire tuer ou atterrir en prison. Deux : vous me laissez conduire.

Vous récapitulez en pensée vos boissons alcoolisées de la soirée. Ça devrait aller.

– Impossible. Hors de question. En aucun cas.

– Pourquoi pas ? Vous avez la frousse ?

– Je ne suis pas un froussard ! Vous savez combien coûte cet engin ? C'est une voiture de collection.

– Je sais exactement quelle est sa valeur, mentez-vous.

– Sans vouloir paraître condescendant, vous pensez-vous vraiment capable de maîtriser un bolide si puissant ?

– Nous allons bien voir, souriez-vous. (Il pousse un soupir. Vous battez exagérément des cils.) S'il vous paît, ce serait si gentil...

Il se tourne vers vous, retournant de toute évidence cette proposition dans sa tête.

– Écoutez, laissez-moi seulement essayer sur une courte distance, suggérez-vous. D'ici au lampadaire au bout de la rue. Si vous estimez que je ne peux pas contrôler cette voiture, alors je saute du siège et vous reprenez le volant. (Il hésite encore.) Je ne discuterai même pas. Si vous voulez récupérer la voiture, je vous la rends immédiatement. Parole de scout ! (Vous esquissez un vague salut de la main.) Je vous ai dit que j'avais été jeannette ?

Après un nouveau soupir, il plisse les yeux, comme pour évaluer les conséquences.

– Entendu, mais à mon tour d'établir quelques règles de base.

– Oh ! J'aime qu'on me donne des ordres...

– Je ne plaisante pas ! Allez-y en douceur avec les vitesses, elles sont parfois dures à passer. Et doucement sur l'embrayage.

– Ça marche.

– Ne grillez pas les feux rouges.

– Oui, monsieur l'agent.

– Et ne dites pas à Charlie ni à personne d'autre que je me suis laissé convaincre.

– Bouche cousue, c'est promis.

– Si vous enfreignez une seule de ces règles, je sors mes armes.

– Oh, merde ! Vous avez des armes ?

– Bien sûr. (Il lève les bras et contracte les biceps.) Celles-là.

Ils sont énormes. Vous éclatez de rire, ce qui le fait sourire.

– Je n'arrive pas à croire que vous m'ayez persuadé de faire ça, dit-il en s'extirpant de son siège. J'espère vraiment que vous savez ce que vous faites.

Vous faites en vitesse le tour de la voiture et vous installez côté conducteur avant qu'il ne change d'avis, ne marquant une pause que le temps d'ôter vos chaussures. Si vous voulez pousser ce monstre, des talons risquent d'être gênants. Dès que votre compagnon s'est glissé côté passager, vous lâchez vos chaussures sur ses genoux.

– Je regrette déjà d'avoir cédé, dit-il.

Le siège conducteur est poussé à son maximum, ajusté sur la corpulence du garde du corps, si bien que vous atteignez à peine les pédales du bout des orteils. Lorsqu'il se penche afin de vous aider à le régler, son bras se plaque contre vos seins.

– Désolé, dit-il.

– Ne le soyez pas.

L'atmosphère se charge brusquement d'une certaine tension. Peut-être cet homme va-t-il de nouveau se pencher sur vous si vous faites mine d'avoir du mal à boucler votre ceinture. Vous prenez une profonde inspiration et tâchez d'oublier la sensation de son bras contre vous ; vous devez vous concentrer sur ce nouvel environnement. Il ne vous faut que quelques secondes pour repérer les vitesses, les clignotants et les compteurs. Vous êtes sûre de vous.

Le garde du corps pose la main sur votre jambe afin d'attirer votre attention. Ce toucher, rassurant et sexy, vous plaît. Il vous lance un regard à la fois sérieux et nerveux :

– Vous me promettez de ne pas provoquer d'accident ?

– Promis. Je vous jure sur nos deux têtes que je ne crasherai pas cette monstrueuse voiture de sport extrêmement chère et très rare.

– Et n'oubliez pas ce que je vous ai dit à propos des vitesses.

– Je n'oublie pas.

– Ni les autres règles.

– OK, OK. On peut y aller, maintenant ?

Il soupire une fois encore, puis retire sa main :

– Et merde... Allez-y.

Vous sentez une montée d'adrénaline lorsque vous tournez la clé de contact et que le moteur vous répond en rugissant. Vous éteignez le GPS, afin de ne pas être distraite par l'écran. Être installée côté conducteur est beaucoup plus excitant. Après avoir pris une longue inspiration, vous desserrez le frein à main, enclenchez en douceur la première et appuyez sur l'accélérateur.

– Doucement, tigresse ! vous crie votre voisin lorsque la voiture bondit en avant.

Les mains fermes sur le volant, vous prenez assez de vitesse pour éprouver une sensation grisante, toutefois pas au point de totalement terrifier le garde du corps. Vous parcourez les deux cents mètres en quelques secondes, avant de vous arrêter en douceur pile devant le lampadaire, comme promis. Ni calage, ni soubresaut, ni raclement en passant les vitesses. Vous vous impressionnez vous-même. L'air modeste, vous vous tournez vers le garde du corps, qui, les mains serrées de chaque côté de son siège, vous considère avec admiration.

– Je ne m'attendais pas à ça !

– Satisfait ? On peut y aller, maintenant ?

Il acquiesce en souriant. Vous jetez un coup d'œil dans les rétroviseurs et faites monter les tours. Profitant d'un instant où il ne vous surveille pas, vous débranchez l'antipatinage. Cela promet d'être amusant. Vous attendez que le compte-tours atteigne la zone rouge, puis vous lâchez l'embrayage et écrasez l'accélérateur.

– Putain de merde ! beugle le garde du corps lorsque la voiture bondit en avant.

– Vos règles ne m'interdisent pas de faire patiner les roues ! criez-vous par-dessus le vrombissement du moteur.

Le bolide est super réactif. L'arrière part en glissade lorsque vous tournez au coin de la rue. Vous compensez cela d'un coup de volant, puis vous ralentissez et rebranchez l'antipatinage avant que votre passager ne soit victime d'une crise cardiaque.

– C'est bon, c'est bon ! hurle-t-il. J'ai compris !

– Vous avez déjà peur ?

– Vous pilotez comme une championne !

Vous rétrogradez en troisième et, après vous être assurée que le carrefour est désert, vous relancez le moteur.

– Merci.

– Où avez-vous appris à conduire comme ça ? Vous êtes la sœur de Lewis Hamilton, ou quelque chose dans le genre ?

– J'aimerais bien mais je dois tout à *Grand Theft Auto*.

– *Grand Theft Auto* ? Le jeu vidéo ?

– Je plaisante, mentez-vous.

Il s'esclaffe. Vous devinez qu'il vous regarde de nouveau, mais à présent différemment. Le bas de votre robe est remonté sur vos cuisses pendant que vous vous activiez sur l'embrayage et l'accélérateur mais vous ne faites rien pour le remettre en place.

– Bon, où allons-nous ? demandez-vous.

– Vers le sud. Mais que diriez-vous de faire un large détour ?

Après avoir échangé un nouveau sourire avec le garde du corps, vous plaquez le pied au sol.

Filant sur l'autoroute et laissant l'aiguille du compteur de vitesse plonger vers la droite, vous sentez votre compagnon se détendre. Il vous indique de prendre une sortie donnant sur une des banlieues les plus huppées de la ville, puis il se cale dans son siège et monte le son. Vous êtes curieuse de connaître votre destination mais il n'entendrait pas vos questions, entre le rugissement du moteur, la musique et le mugissement du vent. Vous vous demandez si c'est pour cela qu'il a augmenté le volume.

Cela dit, vous êtes ravie qu'il ne commente pas votre conduite. C'est agréable de sentir que l'on a confiance en vous. Même quand vous poussez le bolide à une vitesse qui vous procure une délicieuse sensation de témérité, il se contente de vous adresser un sourire. Vous voyant le lui rendre, il pose le bras sur votre appui-tête et se met à vous masser la nuque du bout des doigts, juste en dessous de la naissance des cheveux. Ce contact vous fait baisser les épaules et chasse toute tension de votre cou. Une partie de vous désire que cela ne s'arrête jamais : sa puissante main sur votre peau, votre pied enfoncé sur l'accélérateur, les rues de la ville vides alentour, le ciel étoilé au-dessus de vos têtes et le grondement du moteur qui se répercute en vous, par votre siège.

Bien trop vite, il retire sa main, qui vous manque aussitôt. Il vous indique de vous engager dans un parking à plusieurs étages collé à une tour de verre. Les barrières sont toutes levées et l'endroit semble désert.

Vous immobilisez la voiture le long du trottoir et lancez un regard furieux au garde du corps :

– Vous êtes sérieux ? Un parking vide ? (Il hausse les épaules.) Je croyais que votre course n'avait rien de louche ! Non, parce que pour *quelque chose de louche*, ce lieu est le parfait cliché.

– Faites-moi confiance.

Vous hésitez. Vous êtes installée sur le siège conducteur. Dans le pire des cas, vous pouvez dégager d'ici en écrasant l'accélérateur, pour ensuite regagner le bar et rendre la voiture à son propriétaire légitime.

Vous inspirez profondément, relancez le moteur et foncez vers l'entrée du parking, où vous vous concentrez afin de vous engager dans les multiples rampes aussi vite que possible.

Le garde du corps vous dit de vous rendre au dernier étage, qui semble tout aussi désert que les autres. De là-haut, vous n'apercevez que la voûte étoilée et la ville, sur des kilomètres et dans toutes les directions. Votre compagnon vous fait signe de braquer à gauche. Vous avancez lentement sur l'étendue de béton, puis vous pilez quand deux phares s'allument brièvement droit devant vous. Vous distinguez la silhouette d'une BMW blanche haut de gamme garée quelque cinquante mètres plus loin.

– Je n'approche pas plus, déclarez-vous.

– D'accord, d'accord, concède votre passager, levant les mains en un geste de soumission. Je reviens tout de suite.

Il ouvre la portière et sort du véhicule, puis il se dirige d'un pas nonchalant vers la BMW. Vous faites rapidement demi-tour, au cas où il vous faudrait dégager en vitesse. Vous avez déjà vu de telles scènes dans des films de gangsters ; tout peut arriver, aussi laissez-vous la première enclenchée. Le cœur battant au point que vous l'entendez résonner dans vos oreilles, vous serrez si fort le volant que vos ongles s'enfoncent dans le cuir. C'est ce que doivent éprouver les chauffeurs lors de braquages quand ils attendent devant la banque que leurs complices les rejoignent en courant.

Dans le rétroviseur, vous voyez le garde du corps se pencher sur la vitre avant teintée de la BMW. Il est trop éloigné pour que vous distinguiez ce qui se passe là-bas. Vous vous forcez à conserver votre calme, sans pouvoir visualiser autre chose qu'une cellule de prison. Vous allez le tuer pour vous avoir embarquée là-dedans.

Après une transaction qui a pris moins d'une minute, il revient tranquillement vers vous, les mains dans les poches. La BMW s'éveille à la vie et avance sur le parking, avant d'accélérer et d'allumer ses phares lorsqu'elle s'engage sur la rampe.

Le garde du corps se glisse dans la voiture, ferme la portière et boucle sa ceinture.

– Tout va bien ?

– C'était plus que louche, votre affaire ! vous emportez-vous, sans prendre la peine de dissimuler votre colère. Vous m'avez menti.

– Voyez par vous-même, dit-il en renversant le contenu d'un sac en plastique sur vos genoux.

Alors que vous vous attendez à un sachet bourré de poudre blanche ou à quelque chose d'aussi douteux, vous restez muette de stupeur quand vous découvrez une boîte en plastique contenant plusieurs pilules d'un bleu brillant, que vous reconnaissez instantanément.

– Du Viagra ?

– Eh oui, du Viagra. Le type dans la BMW tient la pharmacie de la rue Kent.

– Acheter du Viagra n'est pas illégal. Pourquoi agir en secret ?

– Imaginez que la presse apprenne que deux membres des Space Cowboys ont du mal à bander. Ça ne fait pas très rock star, pas vrai ?

Vous éclatez de rire :

– Non, pas vraiment ! Sachant cela, je dois avouer que je suis ravie de ne pas être restée avec Charlie !

– Et encore, vous ne savez pas tout sur lui.

Vous vous tournez vers lui et prenez un air sérieux :

– Je suis désolée de ne pas vous avoir fait confiance.

– Pas de souci, dit-il en souriant.

Ce qui fait une fois de plus apparaître ces fossettes incongrues. Il poursuit visiblement à contrecœur :

– Bon, écoutez, on s'est bien amusés mais je ferais mieux de porter ces trucs aux gars. Où voulez-vous que je vous dépose ?

Vous prenez une seconde pour réfléchir. Après toutes ces émotions, avez-vous vraiment envie de rentrer chez vous ? Vous pouvez toujours retourner au bar pour un dernier verre. Cela étant, être conduite chez vous dans ce bolide est une idée qui vous plaît.

- *Si vous voulez être déposée chez vous, rendez-vous en page 200.*
- *Si vous préférez être reconduite au bar, rendez-vous en page 209.*

Vous avez demandé à être ramenée chez vous

– Bon, je peux récupérer ma voiture ? grogne le garde du corps, en souriant.

Vous faites mine de ne pas vouloir céder votre place pour tout l'or du monde mais, en vérité, bien qu'ayant adoré manier ce monstre, vous avez hâte de vous rasseoir côté passager, afin de revoir ces bras musclés passer les vitesses avec art.

Vous échangez vos places et riez lorsqu'il doit repousser le siège au maximum. Vous lui redonnez votre adresse, qu'il programme de nouveau dans le GPS.

– Merci de m'avoir prise avec vous, dites-vous, tandis qu'il se glisse sans effort sur la rampe du parking. C'était une sacrée virée.

– C'est moi qui vous remercie d'être venue avec moi plutôt que d'être restée avec Charlie. Je crois que c'est la première fois que je vois une femme le repousser.

– Oh, ça lui est certainement déjà arrivé. S'il a

besoin de Viagra, je parie qu'il en connaît un rayon en matière de râteaux.

C'est une vanne plutôt minable, néanmoins votre chauffeur s'esclaffe en tapant le volant, les fossettes marquées. C'est alors que vous posez la main sur sa jambe, que vous serrez légèrement. Cela vous vient naturellement, peut-être à cause de l'afflux d'adrénaline d'avoir piloté un tel bolide et, également, en réaction au deal louche auquel vous venez d'assister.

Conservant une main sur le volant, le garde du corps réagit en posant à son tour la main sur votre jambe, juste au-dessus du genou. Le contact de sa main puissante et fraîche sur votre peau vous rend audacieuse et entreprenante. Le sexe submergé de désir, vous en voulez davantage. Vous ôtez votre main et la posez sur la sienne, que vous faites lentement remonter sur votre cuisse.

Il quitte un instant la route des yeux et vous lance un bref coup d'œil. Vous lui offrez votre sourire le plus éblouissant, avant de faire davantage monter sa main, jusqu'à la glisser sous votre robe. Il vous sourit et, de nouveau concentré sur la route, ralentit quelque peu. Sans rien perdre du contrôle du véhicule, il monte la main encore un peu plus haut.

Haletante, vous écartez les jambes, savourant la sensation de ses doigts sur votre peau. Il poursuit sa progression en vous massant doucement les cuisses.

La quatre-voies est déserte. La route vous appartient : à vous, au garde du corps et au bolide. Vous écartez au maximum les cuisses et vous penchez en arrière, autant que le siège vous le permet, orientant le bassin de façon à rendre votre intimité la plus accessible possible pour votre compagnon. Ses doigts effleurent la dentelle de votre string. Le petit sourire qui naît sur ses lèvres vous indique qu'il doit sentir combien vous êtes trempée.

Après avoir actionné le régulateur de vitesse, il glisse les doigts sous la dentelle de votre minuscule sous-vêtement violet et explore avec douceur votre toison. Puis il vous caresse la fente, de haut en bas, jusqu'à s'insérer entre les lèvres. Vous poussez le bassin contre sa main, désireuse qu'il poursuive. Après vous avoir fait mariner quelques instants, il glisse enfin un doigt en vous. Vous fermez les yeux et poussez un soupir. Il localise en quelques secondes le clitoris et décrit des cercles autour de ce point sensible, sans cesser de vous pénétrer en rythme d'un autre doigt. Les jambes tendues et calées contre l'avant de l'habitacle, vous vous arc-boutez, tandis qu'il poursuit ses caresses. La respiration de plus en plus saccadée, vous ne pouvez plus vous retenir de donner des coups de hanches en avant.

Vous êtes totalement désinhibée, peut-être parce que vous savez que vous ne reverrez sans doute jamais ce type, ou parce que vous êtes dans une voiture de collection, ou encore grâce aux étoiles, au-dessus de votre tête. Vous empoignez un de vos seins et constatez combien votre téton est dur. Vous plaquez l'un de vos pieds nus sur le tableau de bord, devant vous, pendant que le garde du corps glisse un doigt supplémentaire en vous. Emplissant à présent totalement votre intimité, il continue de faire lentement tourner un doigt autour de votre clitoris. Les cheveux dans le vent, vous ne pouvez vous empêcher de gémir. Il accélère peu à peu la cadence de ses doigts. Vous vous agrippez des deux mains aux côtés du siège. Enfin, éprouvant à la fois la sensation du cuir, la vibration du moteur et l'action de la main en vous, vous jouissez en poussant un cri et, les yeux fermés, frappez l'appui-tête de la nuque.

Alors que vous revenez lentement sur Terre, vous le sentez retirer les doigts. Il ne vous lâche pas pour autant le haut de la cuisse, qu'il continue à masser en douceur. Il sent sûrement vos jambes trembler.

Vous ouvrez enfin les yeux lorsque la voiture ralentit. Vous découvrez que vous vous trouvez dans un passage calme et bordé d'arbres. Il vous faut un moment pour reconnaître votre rue. Le garde du corps se gare devant votre immeuble et coupe le contact. Puis il vous embrasse. Vos dents s'entrechoquent et vos langues s'entremêlent. Il finit par s'écarter, les yeux brillants.

– Quelle virée ! lâchez-vous quand vous avez enfin retrouvé votre souffle, à la fois honteuse et choquée par votre comportement.

Quelle mouche vous a piquée, bon sang ? Vous vous redressez, rabaissez votre robe et tentez de discipliner vos cheveux en bataille tout emmêlés. Sentant votre changement d'humeur, votre compagnon se penche vers vous.

– Hé, viens par ici, vous dit-il de sa voix grave.

Il vous soulève sans difficulté et vous installe sur ses genoux. Vous maintenant en équilibre d'une main, il vous caresse les cheveux, qu'il coince derrière vos oreilles.

– N'aie pas honte, c'était fantastique, dit-il. Tu es fantastique...

Votre visage prend une teinte écarlate :

– En temps normal, je ne suis pas si... si... si...

Il sourit et vous embrasse avec passion, si bien que vous n'avez plus à chercher vos mots. Vous passez les bras autour de son cou et l'embrassez à votre tour. Cette fois, votre baiser est moins fougueux, et sa langue, douce et tranquille. Vous imaginez ce que ce serait de la sentir explorer votre corps dans un espace plus conséquent qu'un siège de voiture. Un lit double, par exemple.

Vous êtes sur le point de lui proposer de monter chez vous lorsque vous sentez quelque chose vibrer. Vous rompez votre étreinte, surprise. Il rit et, vous relâchant quelque peu, farfouille sur le siège pour récupérer son téléphone. Vous portez un de ses doigts sur vos lèvres pendant qu'il répond. Sa bouche est si proche de votre oreille que vous sentez la chaleur de son souffle.

– Allô... Oui, oui, c'est bon. Je suis là dans vingt minutes. (Il raccroche.) Le devoir m'appelle. Je dois y aller, j'en ai peur.

– Vraiment ? Ça m'embête...

– Je suis encore plus navré que toi, crois-moi.

Il vous prend le visage de ses deux mains et vous embrasse une fois de plus avec fougue.

– Je n'ai même pas eu le temps de te rendre la politesse.

Il vous tapote le menton et sourit :

– Ce n'est pas grave. Que tu me sois redevable me plaît assez.

– Hé ! Tu sais où j'habite, maintenant.

Il ouvre la portière et trouve le moyen de sortir de la voiture en vous portant confortablement, comme si vous ne pesiez rien. Puis il vous pose sur le trottoir, où vous constatez que vous avez les jambes encore tremblantes. Il se penche par la fenêtre du bolide et récupère vos chaussures et votre sac à main. Il pose ensuite un genou à terre, devant vous, et, tandis que vous vous appuyez sur son épaule musclée afin de ne pas perdre l'équilibre, alors que votre vagin se contracte de nouveau à son contact, il glisse avec délicatesse vos pieds l'un après l'autre dans les chaussures. Il se relève et vous embrasse encore. Enfin, il s'écarte mais, alors qu'il vient de poser la main sur la portière, il se retourne et vous offre un dernier baiser.

– Je garde un œil sur toi jusqu'à ce que tu sois rentrée, dit-il en désignant la porte de votre immeuble.

– Garde du corps avant tout... roucoulez-vous en le quittant.

– À ton service, vous répond-il, tout sourire, en esquissant un salut. Bonne nuit, madame Lewis Hamilton.

– Bonne nuit, monsieur le garde du corps. Et merci encore. C'était, waouh, *amusant* serait un euphémisme.

Une fois en sécurité dans l'immeuble, vous vous retournez et voyez la 350Z filer dans la nuit. Son chauffeur lève le bras par le toit ouvrant et vous adresse un signe d'adieu.

Vous n'avez plus qu'une envie : vous effondrer sur votre canapé et peut-être regarder un DVD avec un bol de pop-corn.

• *Rendez-vous en page 264.*

Vous quittez Miles, peu attirée par ses accessoires

Vous vous installez dans le taxi et poussez un soupir de soulagement. Cette histoire de valise remplie de *sex-toys* était un peu trop originale à votre goût. Vous êtes ravie d'être partie de chez Miles. Il est su-per-can-on, c'est clair, mais, au cas où vous ayez encore eu des doutes à ce sujet, vous êtes à présent certaine que les fouets et les chaînes ne sont pas votre truc.

Tandis que le chauffeur manœuvre dans les rues, vous souriez en repensant à cette soirée de folie. Vous avez croisé quelques personnages : le mec lourd et son paillasson pectoral, la rock star arrogante, son impressionnant garde du corps et cette splendide femme dans les toilettes du bar, sans oublier le jeune barman doté d'un corps à faire pleurer une femme mûre. Toutes ces aventures ne sont pas allées plus loin qu'un léger échauffement des sens ; pas étonnant que vous soyez si excitée.

Vous envisagez de faire un détour par le *coffee-shop* de votre quartier qui reste ouvert tard le soir, pour vous offrir un chocolat chaud avant de rentrer chez vous. L'idée de vous plonger dans votre lit est tentante, mais pas forcément pour y dormir. Vous ressentez entre les jambes des fourmillements presque douloureux qui nécessitent un peu d'attention. Le moment est peut-être venu de sortir ce fameux Lapin de son emballage.

- *Si vous voulez vous rendre au* coffee-shop *de votre quartier avant de rentrer chez vous, rendez-vous en page 268.*
- *Si vous préférez retrouver directement votre Lapin chez vous, rendez-vous en page 279.*

Vous êtes retournée au bar prendre un dernier verre

Vous entrez dans le bar avec une certaine prudence. Heureusement, vous ne repérez aucun signe des rock stars et de leurs groupies, et surtout pas du paillasson pectoral, Dieu merci ! L'endroit est toujours plutôt animé mais le tabouret sur lequel vous étiez assise est encore libre. Vous vous y installez en poussant un soupir de soulagement. Vos chaussures sont étonnamment confortables (ce qui est la moindre des choses, vu leur prix) mais tout de même, on ne peut pas marcher indéfiniment avec de si hauts talons.

Non loin de vous, quelques femmes assez bruyantes, visiblement en pleine soirée entre filles, descendent à la chaîne des cocktails aux couleurs éclatantes. L'adorable barman a beaucoup à faire avec ces clientes survoltées qui chahutent et le draguent. Sauf grossière erreur de votre part, son visage s'illumine lorsque vos regards se croisent.

– J'arrive, articule-t-il en silence, avant de servir la commande d'une blonde à l'allure tapageuse qui tente de glisser sa carte de visite dans la chemise du jeune homme.

La salle étant trop bruyante pour que vous puissiez appeler Melissa – votre voisine réclame sa boisson en criant et faisant de grands signes –, vous lui envoyez un texto, tandis que le barman s'approche, un cocktail couleur rose criard à la main.

Du coin de l'œil, vous voyez votre voisine le lui arracher.

– Cul sec ! braille-t-elle.

Elle perd aussitôt l'équilibre et agite les bras, vous arrosant du contenu de son verre.

Ses amies se précipitent à son secours. Bien que jurant comme un charretier, elle s'en sort sans dommage. Vous ne pouvez en dire autant de votre petite robe noire préférée. La quasi-totalité de sa boisson (n'avait-elle vraiment qu'un seul verre à la main ? Il vous semble avoir reçu au moins un litre) a trouvé le moyen d'atterrir sur votre poitrine. Vous sentez le breuvage couler dans votre décolleté et sur vos genoux. Vous avez également été éclaboussée sur le visage, les bras et le cou, tandis que votre téléphone et votre sac n'ont pas non plus été épargnés.

Désespérée, vous baissez les yeux afin d'évaluer les dégâts. Vous avez l'air de participer à un concours de tee-shirts mouillés, mais cela n'a rien de flatteur. Cette boisson sucrée et poisseuse vous donne une allure affreuse. Un chiffon humide se matérialise sous votre nez, tendu par le barman.

– Je suis vraiment navré, dit-il. J'aurais dû refuser de la servir, elle est complètement bourrée.

– Ce n'est pas votre faute, répondez-vous.

Vous n'avez pas reçu la moindre excuse de la part de la bande de filles qui se dirige à présent, bruyamment, vers la sortie. Chancelant et jurant toujours, votre assaillante ivre est soutenue par ses amies à peine plus sobres qu'elle. Vous espérez que la gueule de bois qui l'attend demain matin au réveil lui fera l'effet d'un éléphant assis sur sa tête.

Vous tamponnez votre poitrine ; hélas, il va vous falloir autre chose qu'un simple chiffon pour réparer cette catastrophe. Vous êtes vraiment agacée : vous avez passé une soirée bizarre et vous aimiez beaucoup cette robe, qui, après cela, va avoir besoin d'un séjour au pressing.

– Si je peux faire quelque chose pour vous aider ? propose le barman, qui ne vous quitte plus, presque aussi contrarié que vous.

– Non, merci. Attendez... Vous pourriez peut-être m'appeler un taxi ? Il faut que je rentre chez moi me nettoyer.

– À cette heure, il va falloir au moins vingt minutes pour en faire venir un ici. Euh, si vous voulez, vous pouvez monter chez nous et vous servir de la salle de bains.

– *Chez nous* ? *Monter* ?

– Oui, mon cousin habite à l'étage. Ça va avec le job. J'habite là-haut et j'entretiens l'appartement tant que je le remplace. C'est privé. C'est minuscule mais vous pouvez... euh... vous essuyer ou ce que vous voulez, nettoyer votre robe. On pourra ensuite s'occuper de votre retour en taxi.

Cette proposition est tentante. Vous avez vraiment envie de vous laver de l'affreuse substance visqueuse dont vous êtes recouverte ; l'idée de devoir attendre d'être rentrée chez vous pour vous en débarrasser est assez insupportable.

– Ça ne pose aucun problème, je vous assure, insiste le barman. Je me sens gêné. Tenez, voici le patron. Ça s'est un peu calmé ; je suis sûr qu'il sera d'accord pour que je finisse mon service un peu plus tôt que d'habitude. Il se débrouillera pour gérer le bar pendant la dernière heure, ce qui me permettra de vous aider.

Averti par l'agitation, le gérant est déjà intervenu et a demandé à un employé de faire disparaître les débris de verre et de passer un coup de serpillère. Il se penche vers vous et s'excuse à son tour :

– Nous sommes désolés, madame. Je vous offrirai personnellement des boissons pour deux personnes, sur le compte de la maison, lors de votre prochaine visite.

Il échange quelques mots avec le barman, qui se tourne vers vous, tout sourire :

– C'est bon, il s'occupe du bar. Venez, on va retirer cette robe.

Une fraction de seconde après les avoir prononcés, il prend conscience de ses mots et rougit jusqu'au bout des doigts. Jamais vous n'avez vu un homme devenir écarlate à ce point. Il est si mort de honte que, malgré votre situation exaspérante, vous ne pouvez réprimer un sourire, tout comme le gérant.

– Après vous, lancez-vous, aussi gaiement que possible.

Vous le suivez jusqu'à une sortie, au fond du bar, qui donne sur un couloir plutôt austère débouchant sur une banale porte noire. Un étroit escalier vous mène ensuite à une série d'appartements situés au-dessus du bar. Au premier étage, vous passez devant une pièce éclairée au néon. Le barman désigne des machines à laver et des sèche-linge fonctionnant avec des pièces.

– Vous voyez, tout sera impeccable en un rien de temps.

Il vous guide dans un minuscule appartement ou règne un grand désordre. Un VTT encombre l'entrée, il y a des piles de livres un peu partout et, sur votre droite, la kitchenette la plus petite du monde. Votre nouvel ami vous indique la salle de bains, sur la gauche, sur laquelle vous jetez un coup d'œil prudent. De façon étonnante, pour un logis de célibataire, elle est propre, même si la baignoire doit dater de plusieurs décennies. Un attirail de rasage est posé en désordre sur l'étagère au-dessus du lavabo, et une serviette est suspendue de travers sur la tringle à rideaux. Vous avez connu pire, à commencer par votre propre salle de bains.

– Attendez, je vais vous trouver une serviette... Vous pouvez prendre une douche, si vous voulez. Si vous en avez besoin, il y a de quoi nettoyer votre robe dans le placard sous le lavabo.

Il vous tend une serviette de la même génération que la baignoire mais grande et propre, sans une tache, puis il vous laisse.

– Prenez votre temps. Je prépare une boisson qui va nous réchauffer.

Dès qu'il ferme la porte de la salle de bains, vous retirez votre robe et évaluez les dégâts. Il va vous falloir la rincer intégralement car elle est imprégnée de ce liquide collant. Mais comment allez-vous sortir d'ici sans vos vêtements ? Vous allez devoir lui emprunter une chemise ou quelque chose d'autre. Votre soutien-gorge étant aussi détrempé, vous l'ôtez également. Génial ! Vous n'êtes désormais plus vêtue que d'un string, de talons aiguilles et des restes d'un cocktail rose, dans une salle de bains d'étudiant, chez un complet inconnu et toujours couverte de cette matière visqueuse.

Vous vous déshabillez entièrement pour vous glisser dans la baignoire, où vous déterminez quel robinet ouvrir. Vous vous servez du pommeau de douche démodé pour vous rincer et vous débarrasser de ce magma infâme sur votre peau. Vous vous saisissez ensuite du gel douche agréablement parfumé au citron vert. Sous le jet d'eau chaude, vous commencez à vous sentir légèrement mieux, même si votre maquillage doit à présent vous donner un air de panda et que la vapeur d'eau a eu raison de votre coiffure soignée.

Vous sortez de la baignoire et nettoyez la robe et le soutien-gorge dans le lavabo. Puis vous les essorez autant que possible et les tamponnez avec la serviette. Bon, et maintenant ? Vous vous enveloppez dans la serviette, que vous nouez fermement au-dessus des seins, puis vous entrouvrez prudemment la porte.

– Euh, vous croyez que je peux me servir du sèche-linge ? Et auriez-vous un tee-shirt ou autre chose à me prêter ?

Le barman sort la tête de la kitchenette et vous dévisage.

– Quoi ? lâchez-vous, sur la défensive.

– Non, rien... Vous faites plus jeune. Attendez, je vais vous chercher une chemise...

Il plonge la tête dans un placard et en sort un grand tee-shirt.

– Donnez-moi vos vêtements, je vais les mettre dans la buanderie.

Vous lui tendez votre robe et votre soutien-gorge trempés. Cette fois, vous rougissez tous les deux. Il reprend, le premier, ses esprits :

– Je reviens dans une seconde. Quand vous serez prête, il y a du thé chai à la cuisine.

Vous retournez dans la salle de bains et examinez votre nouvelle tenue. Le tee-shirt porte l'inscription suivante :

DIEU EST MORT – *Nietzsche*

NIETZSCHE EST MORT – *Dieu.*

Quelle étrange soirée !

Il y a peu, vous vous prépariez à vous offrir une sortie en ville, et vous voilà en train d'exhiber un slogan digne d'un débat de société, sans oublier que vous ne portez pas de soutien-gorge. Vous enfilez votre string, vos talons aiguilles et le tee-shirt, après quoi vous essuyez une bonne part du mascara qui a coulé sous vos yeux. Le barman a raison : cette allure plutôt bizarre, le visage démaquillé et vêtue d'un tee-shirt pyjama, vous rajeunit. Vos chaussures de femme fatale réduisent à néant votre air innocent mais vous n'avez pas vraiment envie de marcher pieds nus dans ce lieu inconnu.

Il est temps de ressortir. Arrivée devant la kitchenette, vous apercevez sur le réfrigérateur un calendrier sur lequel est noté le planning du bar, au rez-de-chaussée. Vous êtes intriguée par la lettre X inscrite à de nombreuses dates ; elle vous rappelle les cartes au trésor, sur lesquelles le X indiquait l'emplacement du coffre.

Comme s'il vous avait entendue, le barman reparait :

– C'est bon. Vos vêtements devraient être secs d'ici trois quarts d'heure. Encore désolé, vraiment. Je me sens vraiment nul...

– Que signifie ce X, ici ? demandez-vous, autant pour interrompre ce flot d'excuses que pour satisfaire votre curiosité.

– Oh, c'est moi, dit-il, l'air penaud. Je m'appelle Xavier. Oui, je sais, ça sonne comme un pseudonyme de star du porno. En fait, ma famille et mes amis m'appellent tous X. En tout cas, c'est comme ça que mon cousin me désigne sur le planning. Du miel dans votre thé ?

« Du miel dans votre thé ? » Vous réprimez un gloussement. Quelle question peu commune, de la part d'un étudiant !

– Hmm, oui, je veux bien.

Il verse une eau parfumée couleur caramel dans deux tasses, qu'il dispose sur un plateau, avec du miel et deux cuillères.

– Par ici, dit-il, se saisissant du tout.

Il se dirige vers le couloir, où il pousse une porte de l'épaule.

Cette pièce est de toute évidence sa chambre. Vous voyant hésiter sur le seuil, Xavier s'excuse aussitôt :

– Je suis désolé, le salon sert aussi de chambre à mon cousin. On peut s'installer devant la kitchenette, si vous préférez...

– Non, c'est parfait, ici.

En vérité, vous êtes stupéfaite. Alors que vous vous attendiez à tomber sur des baskets à l'odeur douteuse et des consoles de jeux, vous vous retrouvez dans un appartement dont la décoration serait un croisement entre une cellule de moine et une mystérieuse grotte orientale. Le lit trois-quarts démodé est pourvu d'une couverture d'un blanc uni, tandis qu'une estampe japonaise est accrochée au mur. Il y a des bougies partout et de l'encens brûle sur le rebord de la fenêtre. Un petit bouddha en bronze est installé sur la table de chevet, une natte de yoga est roulée dans un coin et il y a des livres partout, entassés près du lit, dans des anciennes caisses à vins empilées qui servent d'étagères, et sur le bureau vintage, sur lequel trône fièrement un ordinateur portable argenté.

Vous adorez qu'une pièce soit remplie de livres : cela aide à entamer la conversation, sans compter qu'une bibliothèque en dit toujours long sur son propriétaire. Vous parcourez les titres du regard et repérez immédiatement le genre de lectures que vous attendez de la part d'un étudiant intéressé par les religions orientales – de nombreux livres sur l'hindouisme, le tai-chi, la poésie persane, et quantité d'autres sujets similaires – mais également de la littérature de l'imaginaire. Vous n'êtes pas très versée dans ce domaine mais vous reconnaissez quelques valeurs sûres : *Cartographie des nuages* de David Mitchell, *La Servante écarlate* de Margaret Atwood, et une multitude d'œuvres d'Ursula Le Guin et de Philip Pullman.

– J'ai adoré celui-là, dites-vous en tirant doucement sur le roman *Cartographie des nuages*. Tu as vu le film *Cloud Atlas* qui en est adapté ? (Vous tirez un peu plus fort, afin de dégager le livre, ce qui fait tomber au sol celui d'à côté.) Oups, pardon...

Vous vous penchez pour le ramasser. Ce n'est qu'en vous redressant que vous constatez que Xavier, la bouche entrouverte, est de nouveau écarlate. Vous vous rappelez alors que vous ne portez qu'un tee-shirt qui descend jusqu'aux cuisses et qui dissimule parfaitement ce que la décence interdit de dévoiler... tant que vous ne vous penchez pas.

Vous vous asseyez vivement sur le lit et baissez le tee-shirt autant que possible sur vos jambes. Désireuse de briser la tension naissante, vous avalez une gorgée de thé, qui vous paraît à la fois parfumé et poivré. Vous êtes à deux doigts de vous étouffer.

– Ça vous plaît ? s'enquiert Xavier, enthousiaste. Je n'ai pas mis trop de piment ?

– Tu mets du *piment* dans le thé ? vous exclamez-vous, tandis que les flammes qui incendient votre langue se calment.

Votre hôte énumère avec entrain la liste des épices dont il se sert pour aromatiser lui-même son thé, ce qu'il a appris à faire en Inde, lors de son dernier voyage en mode routard.

Une fois qu'il en a terminé avec ses recettes de thé chai s'installe de nouveau un long silence, pas vraiment embarrassant mais plutôt chargé de pression, que Xavier finit par rompre :

– Je suis désolé, je n'ai pas vraiment l'habitude de recevoir des femmes dans ma chambre.

Vous éclatez de rire :

– Tu plaisantes ? Chaque fois que je t'ai regardé ce soir, tu étais en train de te faire draguer. Je parie qu'un canon différent monte ici tous les deux jours. Je suis étonnée que les marches de l'escalier ne soient pas plus usées !

Les mains serrées, Xavier baisse les yeux.

– Euh, non, vous êtes la première...

– Attends, ne me dis pas que... Enfin, vu ton allure, tu dois avoir une flopée de petites amies... (Il secoue la tête.) Mais comment est-ce possible ?...

– Je n'en sais rien. Je suis fils unique et mes parents sont âgés. Ils sont cool mais j'ai été élevé de façon très stricte. J'ai étudié dans un pensionnat quaker[1], puis j'ai passé ma première année d'université dans un séminaire.

– Quoi ? Tu voulais devenir prêtre ?

– Non, non. C'est juste là-bas que je dormais. Un de mes professeurs savait que je cherchais un endroit calme et pas trop cher. C'était génial, le temps de

1. Quaker désigne un mouvement religieux, également connu sous l'appellation de la Société des Amis, fondé au XVIIe siècle, par George Fox, en Angleterre.

m'adapter à cette nouvelle vie, mais je ne pouvais pas vraiment y faire venir des petites amies. Ensuite, quand j'ai déménagé, toutes les filles étaient déjà casées. Je n'ai jamais vraiment su comment me fondre dans la masse, à vrai dire.

Prenant peu à peu conscience de ce qu'impliquent ces révélations, vous avez du mal à croire que vous allez poser la question si intime qui vous traverse l'esprit. Cela dit, c'est vous qui n'êtes vêtue que d'un tee-shirt.

– Xavier, es-tu en train de me dire que tu es... vierge ? (Cette fois, il ne rougit pas. Parfaitement immobile, il acquiesce.) Ça alors...

Il vous faut une minute pour intégrer cela. Ce type est un véritable appel au sexe ; il est inimaginable qu'aucune femme ne l'ait déjà dévoré. Il se hâte de poursuivre :

– Je sais, vous devez me prendre pour une bête de foire, mais vous avez vu comment les femmes se comportent avec moi. Elles imaginent toutes que j'ai eu des centaines d'expériences. Vous me voyez faire monter une femme ici et lui dire : « Euh... en fait, je suis vierge et je ne sais pas du tout par où commencer. » Elle me rirait au nez.

Vous fermez enfin la bouche, vous demandant comment gérer cette situation. Xavier donne l'impression d'être tombé du toit d'une cathédrale, cependant vous aviez décidé de passer la soirée à vous amuser, pas à jouer les sexologues. Vous êtes tout de même tentée de le prendre en main… pour ainsi dire. Il est doté du corps le plus alléchant que vous ayez vu depuis très longtemps, après tout... Vous

vous dites que vous lui rendriez service. Et puis, qui sait, vous allez peut-être même y prendre du plaisir ?

D'un autre côté, ce n'est pas une chose à prendre à la légère. Votre première fois, si elle n'a pas été grandiose, reste inoubliable parce que c'était justement la première fois. Vous sentez-vous prête à endosser une telle responsabilité ?

- *Pour filer d'ici, rendez-vous en page 222.*
- *Si vous décidez de rester avec Xavier pour lui enseigner une ou deux choses, rendez-vous en page 225.*

Vous estimez que ce n'est pas à vous de dépuceler Xavier

Vous considérez son regard plein d'envie. Il est canon et le courant passe assurément bien entre vous deux mais la soirée a été longue ; il est trop tard pour jouer les éducatrices.

En plus, il est vraiment jeune. Il doit avoir le même âge que la stagiaire, très gentille bien qu'un peu naïve, que vous supervisez au boulot. Mais attendez, ils iraient très bien ensemble, ces deux-là ! Ils apprécient le même genre de littérature, ils veulent tous deux voyager, et si vous n'êtes pas certaine que Lexi soit, elle, encore vierge, elle est en tout cas enjouée, innocente... et célibataire, c'est certain. Pourquoi ne pas vous arranger pour qu'ils se débrouillent entre eux, pour qu'ils s'amusent à découvrir comment les parties de leur corps peuvent s'emboîter ? Vous éprouvez une pointe d'envie en songeant aux découvertes qui les attendent mais vous la chassez aussitôt. On trouve également largement de quoi s'amuser dans le monde des adultes.

– Tu sais, j'ai peut-être une solution pour ton problème. Je crois que je connais une fille qui serait idéale pour toi.

– Vraiment ? dit Xavier, les yeux brillants.

– Lexi est stagiaire à mon bureau. Elle vient d'avoir vingt ans. Je suis sûre que vous vous entendriez très bien.

– Sérieux ?

– Absolument. Elle est très mignonne, marrante et futée. Elle est branchée yoga, méditation, ce genre de choses. À mon avis, vous êtes faits l'un pour l'autre.

Xavier arrache une page du cahier posé sur son bureau, y note son numéro de téléphone et vous la tend.

– Cool. Elle pourrait peut-être m'appeler un de ces jours ? Et merci à vous. J'apprécie, vraiment.

– Au risque de jouer la grande sœur, je peux me permettre de te donner un conseil ? Essaie de ne pas stresser à propos de tout ça. Demande juste à une fille de sortir avec toi et embrasse-la. Tu verras bien où ça vous mène.

– Merci encore.

Xavier se lève et s'approche doucement de vous, puis il se penche et dépose avec délicatesse un baiser sur votre joue. Il a les lèvres douces et chaudes, tandis que son souffle vous balaie la peau. S'ensuit un long moment de silence, après quoi il tourne avec une grande hésitation la tête et pose la bouche sur vos lèvres. Ce geste d'une douceur extrême n'est pas vraiment un baiser mais plutôt un effleurement au ralenti de cette bouche divine. Vous devez faire appel à toute votre volonté pour ne pas réagir. Si Lexi se débrouille bien, elle va tirer le gros lot.

Une bougie menace soudain de s'éteindre, brisant la magie du moment. Vous avez une vie qui vous attend.

– Mes vêtements sont-ils déjà secs, d'après toi ? Il est tard, je crois que je vais rentrer.

– Oui, certainement. Passons par la buanderie en sortant. (Il se lève et vous précède jusqu'à la porte.) Je suis ravi d'avoir fait ta connaissance. Et encore une fois, désolé pour le verre sur ta robe.

– Pas de souci. Il y a une raison à tout. Et j'ai le pressentiment que Lexi pourrait bien être la raison de ce petit incident...

Vous échangez un sourire, non sans de nouveau sentir votre cœur s'emballer. Vous espérez qu'il trouvera ce qu'il cherche. En attendant, il est temps de rentrer chez vous. Ou peut-être devriez-vous vous ragaillardir *en route*[1] avec une boisson au *coffee-shop* de votre quartier ?

- *Pour rentrer directement chez vous, rendez-vous en page 243.*
- *Pour faire une halte au* coffee-shop, *rendez-vous en page 268.*

---

1. En français dans le texte original.

Vous êtes restée avec Xavier pour lui enseigner une ou deux choses

Vous décidez de faire le grand saut :

– Et si je m'occupais de changer ça, Xavier ? (Vos mots restent en suspens.) Si tu n'as jamais fait l'amour, je peux au moins te montrer par où commencer.

– Vous feriez ça ? dit-il, vous considérant entre incrédulité, prudence et un fol espoir.

– Oui, mais il y a des règles de base à respecter. Pas de sentiments. Une seule et unique fois. Tu as été très gentil avec moi et tu es un des mecs les plus canon que j'aie jamais vu. J'ai juste envie de t'offrir une première fois délicieuse, sans pression. Inutile de me baratiner ou de t'inquiéter de ta performance ou de quoi que ce soit de ce genre, d'accord ? Détends-toi, lâche-toi et profites-en. (Soudain, une pensée vous traverse l'esprit.) Tu as des préservatifs, j'imagine ?

Oups. D'après l'air consterné qu'il prend, Xavier n'a pas songé à ce détail. Bien que décidée depuis longtemps à vous comporter en adulte et à planquer un préservatif de secours dans votre sac à main, cela n'a jamais été une priorité. Jusqu'à aujourd'hui.

La grimace qui s'affiche sur le visage de Xavier serait amusante si vous n'étiez pas aussi frustrée que lui. Vous allez sans doute devoir annuler votre offre. Soudain, son visage s'illumine :

– Attends ! Ne bouge pas ! Reste ici !

Il sort de la pièce avec une précipitation presque comique.

Il revient une minute plus tard, haletant mais ravi, muni de... Qu'est-ce donc, un lot de préservatifs en gros ? Le carton qu'il porte doit en contenir des centaines. Vous estimez cela un peu optimiste.

– Mon cousin garde le stock ici, qui sert à remplir les distributeurs des toilettes du bar, explique Xavier, tout sourire. Heureusement que je m'en suis souvenu !

Voir ce problème résolu vous soulage grandement :

– On y va, alors ? Une seule fois, pas de sentiments ?

Xavier vous adresse alors son sourire qui vous noue l'estomac, celui qu'il vous a lancé la première fois que vous êtes entrée dans le bar.

– D'accord, marché conclu. Mais tu es sûre ? Parce que...

– Arrête de parler, Xavier.

Vous vous approchez de lui et vous asseyez doucement sur ses genoux. Il vous prend dans ses bras ; vous sentez la chaleur de son corps et les battements de son cœur. Vous plongez la tête contre son épaule et caressez l'exquis petit creux à la base du cou qui palpite en rythme avec son pouls.

Vous restez un moment dans cette position, puis vous partez à la recherche de sa bouche. Elle a un goût d'épices et de thé. Il a les lèvres incroyablement douces. Dans un premier temps, il est hésitant, puis devient plus entreprenant, murmurant même quand vos langues entrent en contact et que vous vous titillez mutuellement la bouche. D'une main sur la joue, il incline votre tête afin de vous embrasser avec davantage de passion, de plus en plus sûr de lui. Enfin, vous vous écartez l'un de l'autre pour reprendre votre respiration, tous deux à bout de souffle et souriants.

– Jusqu'ici, tout va bien. Et si on allait un peu plus loin ?

Sous le faible éclairage de sa lampe de bureau, vous remarquez que ses mains tremblent légèrement, ce qui vous touche. Ses mains sont splendides, des doigts de pianiste à la fois puissants et délicats. Vous en prenez une, déposez un baiser dans la paume et la placez sur un de vos seins.

L'effet est immédiat : vous laissez tous deux échapper un hoquet de plaisir lorsque votre téton se dresse contre sa peau, à travers le tissu fin du tee-shirt. Il vous pelote doucement pour commencer, puis il y met davantage d'énergie quand vous vous avancez de façon à plaquer votre sein contre sa main. Des doigts, il entreprend ensuite de jouer avec le téton, qu'il excite en le pinçant délicatement.

Il s'interrompt dès que vous poussez un gémissement :

– C'est trop fort ?

– Oh, mon Dieu, non... Fais-moi confiance, si tu fais quoi que ce soit trop fort, je te le dirai. Mais je crois que le moment est venu pour moi de te rendre la politesse.

Une part de vous ne pense qu'à le dévêtir depuis l'instant où votre regard s'est posé sur lui pour la première fois, dans le bar ; vous prenez donc votre temps. Vous commencez par déboutonner sa chemise, que vous soulevez lentement par-dessus ses abdominaux parfaits et son torse lisse et glabre. Il lève les bras pour vous permettre de retirer la chemise, que vous laissez tomber à vos pieds. Vous découvrez alors le haut de son corps de rêve, qui brille sous la lueur des bougies. Recouverts d'une peau aussi fine que du cachemire, ses muscles se contractent sous vos caresses. Vous sucez votre index et effleurez les tétons de Xavier, qui se met à frissonner, avant de grogner avec plus d'intensité lorsque vous enchaînez avec la bouche.

Vous êtes tiraillée entre votre envie de prolonger cette étape languissante de votre séduction et le désir urgent qui s'intensifie entre vos cuisses. Quoi qu'il en soit, vous êtes tous les deux beaucoup trop habillés. Vous vous levez, déclenchant des protestations de la part de Xavier, qui se tait lorsque vous faites langoureusement passer votre tee-shirt par-dessus la tête.

– Je crois qu'il est temps d'aller sur le lit...

– Attends, dit-il, la voix rauque. J'ai envie de t'admirer une minute, dans ce minuscule truc en dentelle et avec tes talons aiguilles... Si tu savais l'allure que tu as, comme ça...

Vous demeurez debout devant lui, vous délectant de l'effet que vous produisez. Vous écartez les jambes et vous mettez à onduler du bassin, légèrement cambrée, les bras levés au-dessus de la tête, ce qui redresse votre poitrine.

– Je suis à toi. Profite tant que tu veux du spectacle.

Quelques secondes plus tard, il se lève d'un bond et baisse avec précipitation la braguette de son jean, dont il se débarrasse à cloche-pied. Vous découvrez à présent son corps dans son intégralité, encore plus fantastique que dans vos rêves les plus fous : des hanches étroites, un ventre plat, d'interminables jambes et des fesses fermes et hautes, désormais uniquement couvertes d'un caleçon en coton qui ne dissimule en rien la taille de son érection.

– Je crois qu'il faut que nous soyons entièrement nus, plaisantez-vous avant d'ôter votre string et de vous asseoir bien sagement sur le bord du lit, les genoux collés le temps de retirer vos chaussures. Enfin, avec lenteur, vous vous appuyez sur vos bras en arrière, écartez les jambes et soulevez le bassin vers Xavier. Jamais vous ne vous êtes comportée de façon si dévergondée, cependant vous ne vous rappelez pas avoir déjà été aussi humide.

Vous écartez les lèvres enflées de votre intimité, vos doigts produisant de légers bruits de succion sur votre chair mouillée et surchauffée.

Les yeux écarquillés, Xavier marmonne quelque chose dans sa barbe et retire brusquement son caleçon.

C'est à votre tour de vous rincer l'œil : libéré, son pénis se dresse d'un coup, long et épais, le gland brillant d'humidité.

– Allonge-toi...

Vous devez vous éclaircir la gorge pour faire sortir ces mots, tout en tapotant le lit à côté de vous.

– J'ai l'impression de rêver, murmure-t-il. Je n'arrive pas à y croire. Tu es incroyable...

Le matelas s'affaisse lorsqu'il s'étend près de vous.

Vous considérez son corps tremblant avec envie et un désir que vous contenez difficilement. Vous savez que vous devez vous y prendre lentement mais vous n'êtes pas certaine de le pouvoir, au point où vous en êtes. Comme lui, d'ailleurs. Vous êtes incapable de résister à l'attraction de ce membre gonflé. Vous l'enveloppez d'une main, la peau soyeuse ferme sur la chair dure comme du roc, puis vous serrez. Vous faites monter, juste une fois, votre main de la base jusqu'au sommet de la virilité de Xavier, qui est aussitôt saisi d'une convulsion. Poussant un grand cri, il expulse en plusieurs jets son sperme chaud dans les airs.

Bon sang, vous auriez dû le prévoir. Tâchant de ne pas paraître déçue, vous vous demandez quel est le protocole à suivre dans une telle situation. Quand il retrouve enfin son souffle et sa voix, Xavier se met – encore – à s'excuser. Vous le faites taire :

– Chut... C'était inévitable. J'aurais dû... j'aurais dû y aller plus doucement.

À l'aide du tee-shirt qu'il vous a donné, vous nettoyez le ventre de Xavier, qui se soulève encore suite à l'émotion.

– Je comprendrais que tu veuilles t'en aller, dit-il, haletant.

- *Si vous estimez qu'il est temps de partir, rendez-vous en page 232.*
- *Si vous tenez à rester pour donner une deuxième leçon à Xavier, rendez-vous en page 235.*

Vous avez décidé de vous en aller

Appuyée sur un coude, vous observez Xavier. Que ce soit allé si vite est tout sauf surprenant, il a attendu cet instant depuis des années, après tout. Vous soupirez tandis qu'il bat des cils, son torse se soulevant selon un rythme régulier.

Vous pouvez toujours rentrer chez vous. Vous visualisez très bien la boîte, dans le tiroir de la table de chevet, et le vibromasseur qu'elle contient. Vous vous rappelez ce que vos amies disent à propos de ces engins : ils ne jouissent jamais avant vous, ils ne vous parlent pas avec maladresse, ils ne monopolisent pas la télécommande, sans oublier que vous ne vous demandez jamais s'ils vont vous appeler.

Vous vous penchez et déposez délicatement un baiser sur les lèvres de Xavier, avant d'écarter sa frange d'une caresse.

– Tu es délicieux, tu sais ? dites-vous, souriante.

Il sourit également mais prend un air contrit :

– Désolé d'avoir été si rapide. On n'a même pas... tu vois...

– Ce n'est pas grave. Ce n'était que la première leçon. Quand tu seras prêt pour la suivante, attrape une de ces filles qui bavent à tes pieds et fais-la grimper ici, d'accord ? (Il hoche la tête, l'air encore assoupi de satisfaction.) Il est tard, il faut que je m'en aille.

Vous vous glissez jusqu'au bout du lit et vous emparez de la chemise de Xavier.

– Tu es sûre ? vous dit-il, se redressant sur les coudes, un peu déçu. Si tu me donnes cinq minutes, je suis sûr de... enfin, tu vois, de relancer la machine.

Vous vous penchez en avant et posez la main sur son épaule :

– Tu sais quoi ? Il est vraiment tard et il faut que tu dormes, si tu veux être en forme demain. Et moi aussi, je suis lessivée.

Il se rallonge sur le dos et, de ses yeux rêveurs, vous regarde vous vêtir de sa chemise en coton. Vous inspirez l'odeur masculine dont elle est imprégnée, puis vous enfilez votre string.

– Ça ne te dérange pas, j'espère ? lui demandez-vous en ajustant la chemise. Je récupère ma robe en partant et je laisse la chemise dans la buanderie, si tu es d'accord.

– Tu peux la garder et me la rapporter demain soir, pour notre deuxième leçon, propose-t-il, le visage de nouveau illuminé par son extraordinaire sourire.

– Pourquoi pas... répondez-vous, pensive.

Vous l'embrassez rapidement, avant de récupérer votre sac à main et vos chaussures, et vous filez.

Dans la buanderie, le sèche-linge s'est arrêté. Vous

en sortez votrc robe et votre soutien-gorge que vous enfilez. Ils sont chauds et propres. Vous profitez une dernière fois de l'odeur de la chemise du barman. Qui aurait imaginé que vous dénicheriez un puceau de cet âge ce soir, et surtout beau comme un ange ? Cela doit être aussi rare que de voir une licorne. Vous pliez la chemise et la posez sur le sèche-linge, laissant ainsi entendre que vous ne reviendrez probablement pas, bien que déjà quelque peu nostalgique. Vous avez à présent besoin d'un remontant. Un chocolat chaud, sur le chemin du retour ? Ou le Lapin, dans votre tiroir, fera-t-il l'affaire ?

- *Si rentrer chez vous ne vous tente pas, rendez-vous en page 266.*
- *Si vous décidez de rentrer chez vous et de vous arrêter en route au* coffee-shop *de votre quartier, rendez-vous en page 268.*
- *Si vous préférez retrouver votre Lapin, rendez-vous en page 279.*

Vous restez avec Xavier, pour une deuxième leçon

– Je ne vais nulle part, répondez-vous.

Surtout pas alors que votre corps vous harcèle pour être soulagé. Vous êtes très loin d'en avoir terminé avec Xavier. En fait, vous commencez à peine.

Vous le câlinez, tandis que sa respiration se calme, puis vous embrassez sa joue et ses cheveux soyeux qui sentent légèrement le gel douche que vous avez utilisé dans la salle de bains, mais également un parfum plus masculin, plus chaud.

– J'ai envie de me faire pardonner, chuchote Xavier. Que dirais-tu d'un massage du dos ?

C'est une très bonne idée. Votre corps est noué par la tension et vous avez un peu mal aux reins, sans aucun doute du fait d'avoir passé la soirée à marcher perchée sur vos talons aiguilles de plus de dix centimètres. Décidée à le laisser faire, vous roulez sur le ventre. Vous sentez le matelas bouger lorsque Xavier se lève. Une minute plus tard, vous l'entendez s'enduire les mains d'huile, tandis qu'une légère odeur de bois de santal se répand dans la pièce.

Il pose ensuite les mains sur vos épaules, l'huile déjà tiède. Vous poussez voluptueusement un soupir. Les doigts de Xavier pressent avec talent vos muscles tendus, parcourent les nœuds sans pour autant les écraser, lissent et réchauffent votre chair.

– Hmm... tu t'y connais en massage, marmonnez-vous, la tête dans l'oreiller.

– J'ai pris des cours dans un ashram, en Inde.

Cela se voit : il n'assène pas de grandes claques, pas plus qu'il ne vous pince la peau. Il donne plutôt l'impression de rétablir les connexions entre les muscles et les nerfs en les détendant. Vous sombrez dans une transe où plus rien n'existe en dehors de ses doigts puissants et chauds, qui dessinent lentement des cercles le long de votre colonne vertébrale. Alors que vous êtes presque endormie, son toucher se fait plus léger. Il parcourt votre dos du bout des doigts, ce qui vous fait frissonner et vous donne la chair de poule. Après s'être frayé un chemin jusqu'à vos reins, il vous masse doucement les fesses, ce qui vous excite autant que cela vous apaise. Ses mains descendent plus bas, si bas que vous retenez votre respiration.

Vous remarquez en outre qu'il ne vous caresse pas les fesses que de ses mains ; lorsqu'il s'installe à califourchon sur vous, vous prenez pleinement conscience de la pression intense de son pénis brûlant déployé. Entre vos cuisses, le tiraillement se fait de nouveau insistant.

– Xavier, je crois que tu as oublié un endroit...

Il capte instantanément le message. Il se dégage et vous aide à vous retourner sur le dos, qui vous semble comme neuf.

Vous vous étirez et soulevez la poitrine. Xavier saisit votre intention et passe la main sur vos seins. Vous vous tortillez et levez les bras au-dessus de la tête afin de laisser votre partenaire accéder librement à ce qu'il désire. Il baisse la tête. Vous laissez échapper un halètement quand il plaque la bouche sur le bout d'un sein et se met à aspirer peau, téton et aréole, tout en agitant la langue.

Bon sang, que ce mec est doué ! Vous jureriez ne pas avoir affaire à un novice. Ses cheveux traînent sur vos seins, tandis qu'il suce et lèche par alternance. S'enhardissant, il se met même à vous mordiller. Le contact de ses dents sur vos tétons durs comme de la pierre vous fait soulever les hanches. Vous avez entendu parler de femmes qui atteignaient l'orgasme par de simples caresses sur les seins ; vous commencez à comprendre que c'est possible.

De plus en plus agitée, vous lui prenez la main et la plongez entre vos cuisses. Vous passez une jambe dans son dos, de façon à lui permettre d'accéder à votre intimité, puis vous guidez ses doigts jusqu'au clitoris. Quelques secondes plus tard, vous poussez un cri lorsqu'il appuie sur cette perle de chair ultrasensible. Ses doigts avides partent ensuite explorer un peu plus bas.

– Qu'est-ce que tu es mouillée... J'ai l'impression d'avoir découvert la source du Nil.

Bien que vous tordant de plaisir, vous riez. Puis

vous vous mettez à gémir quand un long doigt frais se glisse lentement en vous, profondément.

– Quel effet ça te fait ? vous demande-t-il, plongeant un doigt, puis deux, dans votre vagin trempé. Moi, je trouve ça fantastique.

– C'est délicieux... lâchez-vous en vous agitant, impatiente de jouir.

Vous sentez la queue de Xavier, dure contre votre hanche. Vos bonnes intentions de vous jucher sur lui et de faire durer le plaisir aussi longtemps que possible sont bien vite balayées. Vous agrippez de nouveau ce membre dressé, parfaitement dur et chaud.

– Je veux que tu viennes en moi...

Les yeux brillants, il farfouille dans la boîte posée au pied du lit et en sort une pleine poignée de préservatifs. Bien que tous deux sérieusement excités, vous gloussez comme des ados.

– Je crois qu'un seul à la fois, ça suffit, plaisantez-vous.

Comme il s'agit de sa première fois, vous vous chargez de cette opération. Vous sortez un préservatif de son emballage et, pinçant le réservoir, le déroulez avec une douceur extrême sur la virilité de Xavier. Vous l'attirez ensuite sur vous, écartez les jambes et levez les genoux, afin de le caler entre vos cuisses.

Vous sentez son pénis impatient de vous pénétrer, ce que vous attendez avec tout autant de hâte, mais il faut que ce soit parfait.

Vous levez la tête et embrassez Xavier en lui caressant le dos. Vous baissez les mains jusqu'à ses fesses fermes, puis vous plaquez votre sexe contre le sien en l'attirant doucement à vous. Pour votre plus grand soulagement, il se glisse aisément en vous, naturellement et selon l'angle idéal, vous offrant un monstrueux afflux de plaisir.

Vous gémissez tous deux lorsqu'il tend la peau mouillée, chaude et tendre de votre vagin, que vous serrez légèrement, ce qui le fait de nouveau grogner de plaisir.

– Je n'ai pas de mots pour te dire comme c'est bon, vous dit-il, le sourire aux lèvres. Ça valait la peine d'attendre. Et toi, ça va ?

– Oh, que oui ! Allez, baise-moi, maintenant. Que ce soit bon et long. Et dur...

C'est ce qu'il fait. Chaque poussée déclenche en vous une brûlure de plaisir, chaque fois plus intense. Il ne vous faut pas longtemps pour sentir l'orgasme monter en vous ; vous priez pour que Xavier tienne assez longtemps. Soudain, un feu d'artifice éclate dans votre corps. Cela vous soulage tellement que vous en avez les larmes aux yeux. Vous avez à peine conscience des petits cris que vous poussez en vous cambrant, agrippée aux épaules de votre amant comme à un radeau, tandis que le monde tourne autour de vous. C'est ensuite à son tour : il tremble violemment, se libère en vous en poussant un cri de triomphe.

Allongés, inertes et collés l'un à l'autre, vous n'entendez plus rien en dehors de vos respirations irrégulières. Votre cœur bat à tout rompre et Xavier a la tête enfouie dans votre cou. Les membres privés de force, vous êtes tout juste capable de caresser la nuque et les épaules du jeune homme, dont le corps s'est couvert d'une fine pellicule de sueur.

Son pénis rétrécit peu à peu en vous, les derniers reflets de votre jouissance intense tandis que vous serrez votre vagin encore gonflé. Enfin, il se retire, non sans prendre soin de maintenir le préservatif en place. Vous poussez tous deux un soupir. Il vous faut une éternité pour retrouver un semblant de conscience. Vous repoussez doucement ses épaules dès qu'il commence à peser sur vous. Il comprend aussitôt et s'écarte. Il desserre son étreinte mais ne vous lâche pas, puis vous vous lovez contre lui.

– Waouh ! dit-il, déjà un peu endormi mais fier. C'était waouh ! (Soudain, sa voix se fait plus inquiète.) Et toi, ça t'a plu ? Je crois que oui, vu que tu as crié. J'ai trouvé ça incroyable, quand tu as joui comme ça... enfin, je pense que tu as joui, pas vrai ?

– Pas du tout, idiot. J'ai seulement eu une crise d'épilepsie et le hoquet en même temps. Évidemment que c'était un orgasme, et j'ai *adoré* ça ! Tu as été extraordinaire.

Vous gloussez tous les deux, avant de vous assoupir quelques minutes. La sensation d'avoir du miel chaud qui coule dans vos veines est irrésistible, cependant une petite voix, dans votre tête, vous chuchote qu'il est temps de rentrer chez vous. Les choses risquent de se compliquer si vous restez ici toute la nuit.

– Réveille-toi, Xavier. Navrée de jouer les rabat-joie, mais je dois rentrer chez moi. (Il proteste, encore somnolent, mais vous restez ferme.) N'oublie pas ce qu'on a dit : ce n'était que pour une fois.

Il vous prend la main et la porte à ses lèvres.

– Mais je veux recommencer. Et encore une autre

fois ensuite. Et encore cent fois après ça. Et après, je voudrais tout recommencer depuis le début.

Vous êtes à la fois attendrie et flattée. Et très tentée. On dirait un ange descendu sur Terre, allongé sur le lit, le sexe à présent au repos sur sa cuisse parfaite, les yeux endormis. Vous devez vous ressaisir ! Vous vous laissez faire un instant, lorsqu'il dépose un baiser sur votre main. Puis vous vous rappelez que c'est un étudiant, avec mille angoisses existentielles encore à vivre avant de devenir adulte, ainsi que des tonnes et des tonnes d'étudiantes avec problèmes, drames et introspection en pagaille, sans parler de leur corps parfait de dix-neuf ans. Xavier est du genre à tomber amoureux, à briser des cœurs et à avoir le cœur brisé. Tout cela est encore à découvrir pour lui. Il doit poursuivre dans cette voie, et vous, vous devez reprendre votre vie.

Vous vous levez lentement pour récupérer votre string et vos chaussures, avant de lui offrir un dernier long baiser.

– Au revoir, Xavier. Tu vas rendre une veinarde – ou peut-être pas mal de veinardes – très heureuse, tu sais.

– Je ne t'oublierai jamais, murmure-t-il, l'air sérieux. Pas même si je vis jusqu'à quatre-vingt-dix ans et que je fais l'amour à des millions d'autres femmes.

– Tout le plaisir était pour moi, littéralement parlant. Rendors-toi, je vais appeler un taxi. Je l'attendrai dans le bar.

Il ne cherche plus à vous faire changer d'avis. Il roule sur le côté et pousse un soupir de contentement.

Ses cils incroyablement longs papillonnent au-dessus de ses joues parfaites. Puis il prononce encore quelques mots, juste avant de s'endormir :

– Tu sais où me trouver si tu veux de moi...

La soirée est terminée, vous concernant. Vous n'avez plus qu'une envie : retrouver votre lit. Néanmoins, cette dernière aventure a été si attendrissante, si inattendue, que vous feriez bien un détour chez Melissa pour tout lui raconter.

- *Pour rentrer chez vous, rendez-vous en page 243.*
- *Si vous décidez de raconter votre soirée à Melissa, rendez-vous en page 275.*

Vous estimez qu'il est temps de rentrer chez vous

Il est tard. En fait, il est si tard qu'il est presque tôt. Vous vous êtes beaucoup amusée au cours de cette soirée pleine d'aventures, toutefois vous êtes vraiment ravie de rentrer enfin chez vous. Bien qu'épuisée, vous vous sentez encore chargée d'adrénaline. Vous n'allez sans doute pas vous endormir de sitôt mais ce n'est pas grave ; vous n'avez rien de prévu demain et vous possédez le DVD du *Journal de Bridget Jones*, que vous souhaitez visionner depuis une éternité. Ce film ne vieillira jamais.

Vous avez mal aux pieds, plus vraiment habituée à porter de si hauts talons aiguilles que c'en était une folie, et votre string violet, si craquant soit-il, vous pince les fesses. Quel bonheur cela va être de cesser de rentrer le ventre, d'enfiler votre culotte confortable et de vous affaler sur le canapé avec une tasse de thé, un bol de pop-corn et la télécommande.

Le silence règne lorsque vous posez le pied dans l'entrée de votre immeuble. Vous appelez l'ascenseur et lancez un regard au-dessus de la porte. S'il faut en croire le voyant lumineux, la cabine se trouve au sixième étage. Votre étage.

Vous pressez encore deux fois le bouton, puis vous secouez la tête. Pourquoi a-t-on toujours le réflexe de réagir de la sorte ? Ce n'est pas cela qui fera arriver l'ascenseur plus vite. Vous levez de nouveau les yeux et constatez que le numéro 6 est toujours éclairé. Agacée, vous vous demandez quel stupide voisin bloque l'ascenseur à cette heure de la nuit. Vous tournez la tête sur votre gauche : il y a toujours l'escalier.

- *Si vous décidez d'emprunter l'escalier, rendez-vous en page 245.*
- *Si vous préférez attendre l'ascenseur – vos pieds vous font trop souffrir pour grimper des marches –, rendez-vous en page 260.*

Vous avez décidé de prendre l'escalier

Pliée en deux et haletante, vous êtes contrainte de vous accorder une pause à la moitié de votre ascension. Quelle idée de jouer les sportives à 4 heures du matin !

Enfin parvenue au sixième étage, vous ouvrez la porte de la cage d'escalier. L'envie est si forte d'entrer dans votre appartement et d'ôter vos chaussures que vous vous précipitez malgré la faible luminosité. Vous butez aussitôt violemment sur un obstacle, vous égratignant les tibias. Vous poussez un cri et tendez les bras par réflexe afin d'amortir l'inévitable chute.

– Putain !

Vous découvrez que vous avez trébuché sur un carton parmi une vingtaine d'autres éparpillés dans le couloir. Quel genre de crétin a laissé ce désordre ? Les tibias douloureux, vous vous êtes également légèrement brûlé les mains et les poignets en vous réceptionnant sur la moquette abrasive. Vous auriez pu vous briser le cou !

– Oh, mon Dieu, vous ne vous êtes pas fait mal ?

Toujours à quatre pattes, les larmes aux yeux, vous vous retournez pour voir qui vous adresse la parole.

Un grand type à lunettes vêtu d'un jean délavé et déchiré et d'une chemise à carreaux se tient sur le seuil de l'appartement 610. Vous ne l'avez jamais vu ; il doit être en train d'emménager, ce qui explique les cartons et l'ascenseur bloqué. Il se précipite et s'agenouille auprès de vous.

– Ça va ? Rien de cassé ?

Vous soutenant par le coude, il vous aide à vous relever. Vous écartez quelques mèches de votre visage et vous penchez afin de vous frotter les tibias et d'évaluer les dégâts. Un méchant hématome est en train d'apparaître sur votre jambe gauche et un peu de sang coule d'une entaille, sur la droite.

– Oh non, vous saignez ! s'exclame l'inconnu. C'est ma faute. Je suis vraiment désolé ! Entrez chez moi, je vous en prie. Je n'ai pas encore déballé les cartons de la salle de bains mais je suis certain que celui qui contient les sparadraps est dans la cuisine. Il faut panser cette blessure.

- *Pour soigner votre coupure chez votre nouveau voisin, rendez-vous en page 247.*
- *Si vous préférez clopiner jusque chez vous, rendez-vous en page 259.*

Vous acceptez de soigner votre coupure chez l'inconnu

Votre nouveau voisin vous prend par le bras et vous aide à sautiller jusqu'à chez lui. Son appartement est à peu près agencé comme le vôtre mais la décoration est différente : c'est clairement le domaine d'un homme. Très peu de cartons ont été déballés, visiblement, et la plupart d'entre eux sont empilés un peu partout, mais le téléviseur grand écran, la chaîne hi-fi et les canapés sont disposés comme s'ils avaient toujours été là.

– Quand êtes-vous arrivé ? lui demandez-vous.

– Il y a quelques jours, vous répond-il en vous aidant à entrer dans la cuisine. Mais les cartons qui sont dans le couloir n'ont été déposés que dans la soirée. Comme je ne pensais pas que quelqu'un rentrerait si tard, je les ai laissés là pour la nuit. J'aurais au moins dû les pousser contre le mur. Encore une fois, je suis vraiment désolé !

Son air navré vous fait sourire.

– Mes avocats vous contacteront, dites-vous sévèrement.

D'abord surpris, il sourit dès qu'il comprend que vous plaisantez. Quant à vous, vous constatez avec stupeur qu'il est très mignon, ce qui vous avait échappé jusque-là. S'il n'a rien d'un canon conventionnel, il est doté d'un sourire vaguement de travers et des cils les plus longs que vous ayez jamais vus chez un mec – ils touchent presque les verres de ses lunettes à monture noire quand il cligne des yeux.

– Vous pensez-vous capable de grimper là-dessus ? vous demande-t-il, tapotant la paillasse de la cuisine. Ça me permettra d'examiner cette coupure de plus près. Comme elle saigne toujours, il faudrait la nettoyer.

Vous vous hissez sur la paillasse, pendant qu'il farfouille dans un carton posé sur la table de la cuisine, puis il revient vers vous en ouvrant une trousse de premiers secours.

– Vous êtes médecin, ou quelque chose comme ça ?

La vue du sang qui coule sur votre jambe vous met mal à l'aise.

– Non, je suis écrivain, mais c'est tout comme. En fait, j'ai rédigé des ouvrages sur les médecins.

– Oh, eh bien dans ce cas...

– Bon, voyons voir à quel genre de poursuites judiciaires je dois m'attendre, dit-il, tamponnant votre tibia avec de la ouate. Vais-je être accusé d'homicide par imprudence ou simplement d'agression au moyen d'un carton mortel ? À propos, il faut que je vous prévienne que j'ai également écrit sur les avocats. Vous êtes bonne pour une longue bataille judiciaire si nous en arrivons à faire appel aux tribunaux.

Ha ha. Il est mignon *et* marrant. Ce sont les plus dangereux.

– Ça va aller, je ne saigne presque plus. (Vous lui prenez le morceau de coton des mains et le pressez sur la coupure.) Il est tard, je ferais mieux de rentrer chez moi.

– Hors de question ! Vous avez perdu beaucoup de sang et j'en suis responsable. Laissez-moi au moins vous offrir une tasse de thé ou une autre boisson avant de repartir. (Vous le jaugez du regard, hésitante.) Vous ne pouvez pas vous en aller si vite ; je n'ai pas encore utilisé la moitié des trucs que j'ai là-dedans. Quel intérêt de posséder une impressionnante trousse de premiers secours si on ne s'en sert pas ? Regardez, il y a encore du Mercurochrome, des antiseptiques et des pansements à appliquer avant que je n'aie officiellement le droit de vous libérer. C'est une prescription d'écrivain spécialiste en médecine !

– D'accord, cédez-vous, alors qu'il se saisit d'un autre morceau d'ouate.

Il vous tient le mollet d'une main et se met à tamponner avec soin la blessure de l'autre. Des picotements se propagent dans votre jambe. La douceur de ce grand type aux pieds nus vous stupéfait. Vous l'observez avec davantage d'attention : il doit mesurer plus d'un mètre quatre-vingts, mal rasé, une tignasse noire ébouriffée qui mériterait un coup de peigne.

– Qu'y a-t-il dans tous ces cartons, au fait ? J'ai cru heurter un mur de brique.

– Des livres, répond-il, un peu honteux. J'ai un petit problème : apparemment, je suis incapable de passer devant un livre sans l'acheter. C'est un des risques de mon métier. C'est aussi la raison pour laquelle j'ai dû déménager, il n'y avait plus assez de place dans mon ancien appartement. D'autre part, je n'avais plus de voisines à faire trébucher.

L'hémorragie visiblement contenue, il vous lâche la jambe et se redresse. Comme vous êtes assise sur la paillasse, son visage se retrouve presque à la hauteur du vôtre, si près de vous que vous en avez la peau qui s'échauffe. En outre, sauf erreur de votre part, il a également légèrement rougi avant de s'affairer sur le flacon de désinfectant et un autre morceau d'ouate.

– Ça risque de piquer un peu, vous prévient-il, sérieux. Vous pouvez me serrer l'épaule, si nécessaire.

C'est idiot, vous n'allez tout de même pas souffrir au point de...

– Aïe ! beuglez-vous en lui empoignant l'épaule.

Ce geste vous permet de sentir ses muscles contractés. La douleur disparaît aussi vite qu'elle est survenue, vous le lâchez à contrecœur, un peu gênée d'avoir si vivement réagi. Il pioche un pansement, en déchire l'emballage et l'applique sur la coupure avant d'essuyer en douceur la blessure. L'espace d'un bref instant, vous vous demandez s'il va déposer un baiser magique sur votre jambe – éventualité qui vous donne des frissons dans le dos – mais il n'en fait rien.

– Si vous voulez mon avis de non-professionnel, l'autre jambe me paraît hors de danger. L'hématome devrait s'estomper d'ici deux jours. Je n'ai pas d'arnica mais j'ai entendu dire que ça soulageait. Une fois encore, je ne saurais vous dire combien je suis navré. Que va dire votre ami quand vous allez débarquer chez vous en boitillant, avec ce bleu et cette entaille ?

– Je n'ai pas d'amoureux... Et vous ?

– Je n'ai pas non plus d'amoureux, vous répond-il, avec ce sourire de travers.

Vous riez de bon cœur et descendez de la paillasse.

– Puis-je au moins vous prescrire quelque chose contre la douleur avant que vous ne repartiez ? (Il ouvre le réfrigérateur et y jette un coup d'œil.) Après cette nuit de service aux urgences, je crois que j'ai besoin de boire quelque chose.

S'il vous faut une confirmation de son célibat, vous la découvrez sur les étagères de son frigo : on y trouve deux packs de bière, un litre de lait, un pot de mayonnaise et quelques boîtes de nourriture chinoise à emporter.

Il sort une bière qu'il décapsule avant de vous la proposer.

- *Pour boire une bière avec votre voisin, rendez-vous en page 252.*
- *Si vous préférez rentrer chez vous, rendez-vous en page 257.*

Vous prenez une bière avec votre nouveau voisin

Vous acceptez la bière et le remerciez. Vous ne résistez pas à l'envie de plaquer la bouteille fraîche contre vos joues toujours brûlantes. Il en attrape une autre pour lui et trinque avec vous.

– Aux nouveaux voisins ! dit-il.

– Et aux procès lucratifs !

Quelque chose passe entre vous lorsque vos regards se croisent.

Vous le suivez dans le salon, où des piles de livres sont entassées contre chaque mur. Vous jetez un coup d'œil dans la chambre et considérez le lit double défait jonché de journaux. Une image vous vient à l'esprit : vous deux assis dans le lit, en train de boire du café et de lire ensemble le journal du matin. Vous chassez ce fantasme ridicule et avalez une gorgée de bière glacée.

– Mettez-vous à l'aise, vous dit-il.

Vous vous installez sur le canapé, vous demandant où il va s'asseoir. Il se laisse tomber dans le fauteuil, et non à côté de vous, ce qui vous déçoit quelque peu. L'avoir si près de vous, dans la cuisine, vous plaisait. Il y a un manuscrit sur la table basse. Vous vous en emparez et en lisez le titre à haute voix :

– *Une fille entre dans un bar…*

- *Si vous commencez à lire le manuscrit, rendez-vous en page 7.*
- *Si vous résistez à la tentation de fouiner dans les documents privés de votre nouveau voisin, rendez-vous en page 254.*

Vous résistez à la tentation de lire le manuscrit

Il rougit et vous prend le manuscrit des mains, qu'il laisse tomber par terre.

– C'est juste un truc sur lequel je travaille en ce moment. C'est encore à dégrossir.

– Ça se termine bien ?

– Je ne sais pas encore mais, au train où vont les choses, il est possible que ce livre ait plusieurs fins heureuses. (Vous restez muets quelques secondes, sans que cela provoque la moindre gêne.) Alors, vous avez passé une bonne soirée ?

Vous hochez la tête et avalez une gorgée de bière :

– Oui, vraiment. J'étais censée retrouver une amie, qui m'a fait faux bond à la dernière minute. Mais ça s'est bien terminé.

– Oui, on dirait, dit-il en consultant sa montre.

– Vous pouvez parler ! Je ne suis pas le seul oiseau de nuit de l'immeuble, dites-vous, ayant remarqué que le téléviseur est éteint et qu'il n'écoute pas de musique. Que faisiez-vous encore debout si tard ?

– Je travaillais. J'aime écrire la nuit. Tout est calme et le monde est différent. Comme si n'importe quoi pouvait se produire.

Vous acquiescez. Si seulement il savait comme il a raison. Vous vous offrez une dernière gorgée de bière :

– En parlant d'heure tardive, je ferais mieux d'y aller.

Il se lève en même temps que vous, l'air un peu déçu.

– Oh, très bien. Mais vous pourriez peut-être me faire découvrir le quartier un de ces jours, ou alors nous pourrions déjeuner ensemble ? C'est le moins que vous puissiez faire après avoir si violemment frappé mes livres.

– Bien sûr, répondez-vous en riant. Ce serait sympa.

– Je vous raccompagne ? Un des personnages de mon premier roman était un ninja ; je suis donc habilité à vous reconduire chez vous en toute sécurité. Enfin, plus ou moins, vu qu'il n'a jamais été publié.

– Je devrais réussir à parcourir les vingt mètres qui me séparent de mon appartement, dites-vous, toujours en riant. Merci pour la bière, les soins médicaux et la cicatrice. J'ai toujours rêvé d'avoir une blessure de guerre.

– Je crois que je vais ranger ces cartons, histoire d'éviter des poursuites judiciaires, mais aussi au cas où vous ayez envie de retrouver votre chemin jusqu'ici. Cela nous évitera d'autres incidents malheureux.

Vous gloussez encore lorsqu'il vous suit sur le palier. Vous vous faufilez prudemment entre les cartons et vous dirigez vers votre appartement. Vous sentez son regard dans votre dos mais tentez de paraître aussi sûre de vous et tranquille que possible.

Parvenue devant votre porte d'entrée, à l'autre bout du couloir, vous vous retournez : il vous regarde encore, depuis chez lui. Les mains dans les poches, il arbore son sourire de travers si sexy.

– Bonne nuit, lui lancez-vous à mi-voix, avant de rentrer chez vous.

– Faites de beaux rêves, vous répond-il, avec un petit signe de la main.

Vous rentrez chez vous. Enfin.

• *Rendez-vous en page 264.*

Vous avez décidé de rentrer chez vous

– Vous ne m'en voudrez pas si nous remettons ça à une prochaine fois ? La soirée a été très longue.

– Pas de problème. Que diriez-vous de demain soir ? Il faudra que je change votre pansement et que j'examine de plus près cette entaille. Nous pourrions peut-être dîner ensemble ? C'est le moins que je puisse faire, pour me faire pardonner de vous avoir si gravement blessée. D'autre part, il faudrait que quelqu'un me fasse découvrir mon nouveau quartier.

Vous hochez la tête. Vous vous sentez comme un canard sur un étang, calme en surface mais remuée intérieurement, comme si vos organes étaient des pattes qui battent sous l'eau. L'alchimie qui naît entre vous deux n'est certainement pas un effet de votre imagination. Vous lissez votre robe et vous dirigez vers la porte, aussi calmement que possible, vu la soirée que vous venez de vivre.

– 19 heures ? vous propose-t-il.

– Parfait.

Vous évitez avec soin les cartons et vous frayez un chemin dans le couloir, jusqu'à votre appartement. Vous sentez le regard de votre voisin dans votre dos. En tournant la clé dans la serrure, vous vous retournez : il est appuyé contre le montant de sa porte, les mains dans les poches de son jean, et affiche son sourire de travers. Il vous adresse un signe de la main lorsque vous entrez chez vous.

• *Pour enfin retrouver votre appartement, rendez-vous en page 264.*

Vous ne souhaitez que rentrer chez vous en clopinant

– Merci, c'est très gentil à vous mais ce n'est rien, juste une petite coupure. Ça va aller.

Vous êtes un peu honteuse d'avoir trébuché sous son nez.

– Comme vous voudrez. Je suis content que vous n'ayez rien.

Vous vous dirigez vers votre appartement, au fond du couloir, tâchant d'être gracieuse. Lorsque vous avez enfin mis la main sur vos clés et déverrouillé la porte, vous jetez un rapide coup d'œil derrière vous. L'inconnu est en train de pousser les cartons contre les murs. Il se tourne vers vous et vous fait un signe de la main, avec un sourire de travers très sexy. Serait-il célibataire, par hasard ?

- *Pour enfin rentrer chez vous, rendez-vous en page 264.*

Vos pieds vous font trop souffrir : vous attendez l'ascenseur

En attendant l'ascenseur, vous remuez les pieds. Les voûtes plantaires douloureuses, vous avez hâte d'ôter ces talons aiguilles. Le voyant rouge se déplace enfin sur les chiffres, indiquant que la cabine descend vous chercher. Il est vraiment temps de rentrer chez vous.

Lorsque la porte s'ouvre, vous êtes prête à lancer un regard noir à la personne qui va sortir. Mais l'ascenseur est vide.

Parvenue au sixième étage, vous découvrez des cartons empilés un peu partout devant l'appartement 610. Quelqu'un doit être en train d'emménager car ces cartons n'étaient assurément pas là en début de soirée, quand vous êtes partie de chez vous. Vous tendez le cou afin de voir si la porte est ouverte, cependant les cartons sont si nombreux que vous ne pouvez en être certaine.

* *Si vous voulez apercevoir votre nouveau voisin, rendez-vous en page 262.*
* *Si vous ne pouvez résister à l'appel de votre culotte confortable et du film, rendez-vous en page 264.*

Vous voulez apercevoir votre nouveau voisin

Vous vous glissez dans le couloir, en direction de l'appartement 610, vous faufilant entre les cartons posés un peu partout dans le passage. Vous constatez que la porte d'entrée est ouverte et que les lumières sont allumées à l'intérieur. Il est presque 4 heures du matin : qui peut être encore debout à une heure pareille ? Soudain, vous entendez un homme s'éclaircir la gorge, puis des bruits de pas. Quel qu'il soit, l'individu qui se trouve dans cet appartement se dirige vers le couloir, sans doute pour y prendre un carton. Que va-t-il penser s'il vous découvre rôdant devant chez lui au milieu de la nuit ? Vous vous précipitez vers chez vous, espérant que lorsque l'inconnu émergera, vous pourrez faire comme si vous sortiez de l'ascenseur pour rentrer chez vous. Hélas, dès la deuxième enjambée, vous heurtez quelque chose à hauteur des tibias – ce que vous payez par une vive douleur – et plongez la tête la première au ralenti.

– Putaaaain ! beuglez-vous, tendant par réflexe les bras afin d'amortir votre chute. Aïe, aïe, aïe !

Vous vous retrouvez étalée par terre de façon peu glamour, les fesses à l'air.

– Oh, mon Dieu ! s'exclame une voix masculine derrière vous.

Mortifiée, vous vous relevez aussi vite et aussi gracieusement que vous le permet la situation. Un grand type pieds nus, vêtu d'un jean délavé et d'une chemise à carreaux et portant des lunettes, se précipite vers vous.

– Tout va bien ? s'inquiète-t-il. Je crois que vous saignez.

Vous vous penchez en avant et découvrez qu'un énorme hématome est en train de se former sur votre tibia gauche, tandis que du sang coule sur le droit.

– Aïe, aïe, aïe, répétez-vous, en considérant vos mains contusionnées à cause de la chute.

– Je n'aurais pas dû laisser mes cartons ici. Je suis vraiment désolé. Vous voulez que je vous conduise à l'hôpital ?

– Aïe !

– Venez au moins chez moi, le temps de faire cesser cette hémorragie. Vous pouvez marcher ?

Vous levez les yeux vers lui, réprimant une larme.

– Attendez, laissez-moi deviner. Je parie que la réponse est « Aïe » !

- *Pour laisser votre nouveau voisin vous soigner chez lui, rendez-vous en page 247.*
- *Si vous préférez rentrer chez vous en clopinant, rendez-vous en page 259.*

La culotte confortable et le film vous appellent

Ah, quel bonheur ! Enfin chez vous. Vous commencez par retirer vos talons aiguilles et les abandonnez près de la porte d'entrée. Vous faites ensuite passer votre robe par-dessus la tête et la posez, ainsi que votre sac à main, sur la coiffeuse, en vous dirigeant vers la chambre.

Vous lancez votre soutien-gorge et votre string violet vers le panier à linge sale, dans un coin de la pièce. Vous allez de nouveau le porter, c'est certain. Pour tout dire, à partir de maintenant, ce sera votre sous-vêtement fétiche.

Votre lancer étant trop court, il retombe en douceur à côté du panier. Peu importe, vous le ramasserez demain.

Vous vous offrez une longue douche chaude, puis vous enfilez une culotte confortable et un immense tee-shirt. Encore trop énervée pour dormir après cette nuit blanche, vous avez besoin de vous détendre. Vous fourrez un sachet de pop-corn dans le micro-onde – ceux qui contiennent du beurre, vous l'avez bien mérité –, puis vous vous effondrez sur le canapé et lancez le film. Tandis que le générique de début du *Journal de Bridget Jones* commence à défiler, vous esquissez un sourire. La vie est belle. En fait, elle ne pourrait pas être plus belle.

FIN

Vous n'avez pas encore envie de rentrer chez vous

Il est tard mais vous êtes bien trop énervée pour rentrer chez vous. Vous sentez encore l'adrénaline qui fuse dans vos veines. Quelle nuit de folie ! Dire que vous avez failli rentrer chez vous quand Melissa vous a prévenue qu'elle ne viendrait pas. Vous avez du mal à concevoir que quelques heures seulement vous séparent de ce moment-là.

Vous vous êtes comportée de façon totalement inhabituelle ce soir mais vous avez adoré ça. Peut-être est-ce le string violet en dentelle qui vous a rendue si audacieuse, ou le fait d'être seule, sans nulle part où aller ni personne à qui rendre de comptes. Quoi qu'il en soit, c'était la soirée de votre vie.

Mais que faire à présent ? Melissa est peut-être encore éveillée ? Vous mourez d'envie de lui raconter tout ce qui vous est arrivé. Et si vous alliez faire un saut chez elle ? Vous hésitez... Elle doit dormir depuis plusieurs heures. Vous pouvez également faire un crochet par le *coffee-shop* de votre quartier, qui reste ouvert tard dans la nuit, avant de rentrer chez vous.

- *Pour vous arrêter au* coffee-shop, *rendez-vous en page 268.*
- *Si vous préférez passer par chez Melissa, rendez-vous en page 275.*

Vous avez décidé de passer par le coffee-shop *avant de rentrer chez vous*

Le taxi vous dépose devant le *coffee-shop*. L'intérieur de l'établissement est éclairé mais, en dehors d'un employé, qui a l'air de s'ennuyer, occupé à tapoter sur un smartphone, derrière le comptoir, la salle est vide. Vous tentez d'ouvrir la porte, en vain. Elle est verrouillée. Bizarre... Cet endroit est censé rester ouvert très, très tard, et il n'est que très tard. Vous poussez de nouveau sur le battant, sans davantage de succès. Vous marmonnez quelques jurons et cherchez à attirer l'attention de l'employé qui joue son numéro de je-fais-mine-d'être-occupé-pour-ne-pas-avoir-à-répondre-aux-clients. Le *coffee-shop* est peut-être fermé, finalement. Mais dans ce cas, pourquoi ce type reste-t-il planté là ? Vous effectuez une nouvelle tentative sur la porte, vous aidant cette fois de tout votre poids.

Vous sursautez quand quelqu'un s'éclaircit la gorge derrière vous. Vous vous retournez et vous retrouvez face à un type de votre âge, grand, les cheveux noirs et affublé de lunettes à monture noire. Il n'est pas d'une beauté conventionnelle mais il possède un petit quelque chose de spécial, son sourire légèrement de travers.

– Laissez-moi vous aider, dit-il en posant la main sur la poignée de la porte, qu'il tire.

– Ah ! Il faut tirer, pas pousser... bafouillez-vous, écarlate de honte. Hmm, la soirée a été longue.

– Non, vous n'y êtes pour rien. Je crois qu'ils ont changé la porte. Je suis venu il y a deux jours et il fallait pousser. Après vous.

Il vous tient la porte, tandis que la voix d'Erykah Badu s'échappe des enceintes du *coffee-shop*.

Devant le comptoir, l'inconnu vous invite à passer commande avant lui.

– Un chocolat chaud, s'il vous plaît, demandez-vous à l'employé, qui fait tout un cinéma pour poser son téléphone et s'occuper de vous.

– Avec des chamallows ? vous demande-t-il, agacé.

Soudain, le fait de commander un chocolat chaud avec des chamallows vous paraît quelque peu enfantin ; vous êtes d'ailleurs certaine d'avoir vu du coin de l'œil le grand type sourire. D'abord la porte, ensuite ça... Il doit penser que vous avez un QI de fillette de cinq ans. Enfin, après la nuit que vous venez de passer, si vous avez envie d'un chocolat chaud aux chamallows, vous n'allez pas vous en priver.

– Oui, s'il vous plaît, répondez-vous avec autant d'assurance que possible.

Vous payez et vous installez sur un siège, où vous commencez à feuilleter les magazines disposés sur une table basse. Vous en choisissez un au hasard et faites mine de le lire, alors que vous observez discrètement par-dessus la revue l'autre type, que vous entendez commander un cappuccino.

Il est bien fait, grand et mince. Il porte un jean assez usé, une chemise à carreaux et une paire de baskets qu'il doit posséder depuis un bon moment. Une coupe de cheveux et un rasage ne lui feraient pas de mal. Il se retourne et vous surprend en train de l'espionner. Vous vous plongez dans votre magazine, de nouveau morte de honte.

– Les nouvelles sont bonnes ? vous demande-t-il, avec un grand sourire.

Vous levez la tête en prenant un air surpris, comme si vous étiez absorbée dans votre lecture.

– Pas mauvaises, répondez-vous, faisant de votre mieux pour paraître distante.

– Alors comme ça, vous travaillez dans les fermes ?

– Quoi ?

Il désigne le magazine. Vous vous rendez compte que vous avez en main un numéro d'*Agriculture Weekly*. Et pour ne rien arranger, vous le tenez à l'envers. Vous le reposez aussitôt sur la table basse. Vous tentez de vous rattraper :

– On n'en connaît jamais trop sur les moutons.

– J'imagine, glousse l'inconnu. Je les compte souvent.

– Voilà, c'est ça. Et toute cette laine, c'est impressionnant. Et ne me parlez pas de la tonte ou je n'en finis plus !

– Un grand cappuccino ! Un chocolat chaud avec des chamallows ! crie l'employé, comme si la salle était bondée.

Un gobelet à emporter avec « Cappuccino » inscrit dessus est posé sur le comptoir, à côté d'un autre, estampillé « Chocolat chaud ». Vous prenez votre boisson et regagnez votre chaise, d'où vous surveillez en douce l'homme au cappuccino. Il souffle sur sa boisson et en avale une gorgée. L'air déconcerté, il soulève le couvercle et jette un coup d'œil dans le gobelet. Les verres de ses lunettes instantanément couverts de buée, il est contraint de les retirer et de les essuyer avec un pan de sa chemise. Ce type est doté des plus longs cils que vous ayez jamais vus. Il s'approche de vous d'un pas tranquille et pose son gobelet devant vous, sur la table basse.

– Je crois qu'on m'a donné votre chocolat par erreur, dit-il.

Il y a bien inscrit « Cappuccino » sur son récipient, aussi lui adressez-vous un regard interrogateur. Il vous montre les chamallows qui fondent lentement dans le chocolat chaud de son gobelet.

– C'est si bon que j'avais envie de ne rien dire mais j'ai pensé que vous vous en rendriez compte tôt ou tard, poursuit-il.

– Si j'en crois mes impressionnants pouvoirs de déduction, ceci doit être pour vous ? concluez-vous en lui tendant votre boisson, à laquelle vous n'avez pas encore touché.

– Merci. Il n'est pas très étonnant que nos commandes aient été confondues, vu l'agitation qui règne ici ce soir ! dit-il, désignant du bras la salle vide.

Les yeux de nouveau rivés sur son téléphone, l'employé ne vous accorde plus la moindre attention. Vous avalez une gorgée de votre chocolat chaud, tandis que le grand type considère son gobelet avec un air déconfit.

– Je crois que je n'ai plus envie de mon cappuccino, dit-il.

– Je ne dors pas si je bois du café à cette heure.

– C'est justement ce que j'espérais. Je viens d'emménager et je suis en train de déballer mes affaires ; j'ai pensé que ça m'aiderait à rester éveillé pour encore deux ou trois cartons.

Soudain, la musique s'interrompt au milieu d'une chanson et des néons aveuglants s'allument. Vous vous protégez les yeux, le temps de vous habituer à ce violent éclairage ; personne n'a bonne mine en pleine lumière à une heure si matinale.

– Ça veut sans doute dire qu'ils vont fermer, dit le grand type.

– Ils sont réputés pour leur café, pas pour leur subtilité...

L'inconnu vous ouvre la porte, la maintenant d'une main et tenant son cappuccino de l'autre.

Une fois à l'extérieur, vous marquez un temps d'arrêt et échangez un regard. Vous avez la nette impression qu'aucun de vous deux n'est tout à fait prêt à repartir seul de son côté. Vous vous sentez tout de même un peu idiote ; vous ne pouvez pas rester plantés là.

– Bon, eh bien, il est tard. Et même déjà tôt. Je vais par là.

Vous désignez votre immeuble, qui n'est distant que de quelques centaines de mètres, dans la même rue.

– Moi aussi ! Ça ne vous dérange pas si je vous raccompagne ?

– Vous n'êtes pas un assassin à la hache ou un avocat fiscaliste, au moins ?

– Non, juste un auteur. J'ai voulu suivre des études d'assassinat à la hache, à la fac, mais toutes les places étaient prises.

Vous vous esclaffez. Tout en marchant, vous remarquez que le ciel commence à s'éclaircir. Vous ne sauriez même plus dire à quand remonte votre dernière nuit blanche.

– Bon, je vous laisse ici, dites-vous, parvenue devant votre immeuble.

– Sérieux ?

– Oui, mais ne vous inquiétez pas, je sais comment fonctionne cette porte, ça va bien se passer. Il faut la pousser, j'en suis certaine.

– C'est ici que j'habite, moi aussi !

Vous froncez les sourcils :

– Vraiment ?

– Oui, je vous assure. J'ai emménagé il y a deux jours. Au 610.

Il sort de sa poche un porte-clés en plastique bleu ultraclassique, sur lequel est inscrit « 610 », ainsi que le nom de votre immeuble gribouillé au stylo bleu.

– Vous rigolez ! Moi je suis au 601 !

Pour prouver ses dires, il glisse la carte magnétique attachée au porte-clés dans la serrure de la porte, qu'il vous tient, un sourire aux lèvres.

– Si je ne savais pas à quoi m'en tenir, je vous soupçonnerais de m'avoir filé.

Tandis que l'ascenseur vous mène à votre étage, il reprend :

– Puisque nous sommes voisins, pourquoi ne pas boire un verre ensemble un de ces jours ? Vous pourriez me faire découvrir le quartier. J'ai goûté votre chocolat chaud, il est évident que vous connaissez les bonnes adresses.

– Pourquoi pas, en effet.

Vous sortez tous deux de l'ascenseur, puis vous hésitez, le temps d'un délicieux moment de tension.

– Bon, eh bien, je vais par là, dites-vous en désignant la porte de votre appartement.

– Et moi de ce côté, vous répond-il le doigt pointé dans la direction opposée. (Devant chez lui sont empilés un peu partout de nombreux cartons.) Ce sont surtout des livres. Ils ont été déposés en début de soirée.

– Eh bien, soyez le bienvenu dans le quartier. J'espère que vous vous plairez ici.

– C'est déjà le cas, dit-il en se fendant de son sourire de travers si sexy.

– Bonne nuit...

Après un dernier signe de la main, vous rentrez chez vous, le cœur battant légèrement plus vite qu'à l'accoutumée.

• *Rendez-vous en page 264.*

Vous avez décidé de faire un saut chez Melissa pour lui raconter vos aventures

Vous sonnez à l'interphone. De la rue, vous voyez que la chambre et le salon de l'appartement de Melissa sont éclairés. Elle doit être chez elle. Pourtant, elle ne répond pas lorsque vous l'appelez sur son portable. Cela sonne un certain temps avant de basculer sur la messagerie. Mais que fait-elle donc ? Vous mourez d'envie de lui raconter la nuit de folie que vous venez de vivre.

Vous l'appelez encore, sans vous soucier de la réveiller, pour tomber une fois de plus sur la boîte vocale. Vous vous rabattez de nouveau sur l'interphone, décidée à insister tant qu'elle n'aura pas répondu.

– Oui ?... finit-elle par répondre d'une voix légèrement étouffée.

– Enfin ! Laisse-moi entrer, tu ne croiras jamais ce qui m'est arrivé cette nuit !

Vous ne recevez pas de réponse mais la porte de l'immeuble s'ouvre. Vous vous glissez dans le hall d'entrée et prenez l'ascenseur, puis vous tapotez doucement d'un doigt sur sa porte. Celle-ci s'entrouvre à peine, vous dévoilant seulement le visage de votre amie.

– Salut, vous dit-elle, essoufflée et les joues écarlates.

– Je t'ai réveillée ? (Elle secoue la tête.) Laisse-moi entrer, j'ai plein de choses à te raconter !

– Je ne peux pas... murmure-t-elle.

Elle retire la main de la porte pour repousser une mèche de cheveux. Vous remarquez alors qu'elle porte un ruban de satin noir attaché au poignet. Elle sourit :

– Toi non plus, tu ne croiras jamais ce qui m'est arrivé !

– Quoi ? Attends, tu es avec quelqu'un ? (Elle acquiesce, rougissant de plus belle.) Oh, mon Dieu ! Je croyais que tu devais travailler tard !

– C'est ce que j'ai fait. Mais mon patron est revenu au bureau, après sa réunion, et on a bavardé un peu. Les autres sont partis, il a ouvert une bouteille de vin, on a pris quelques verres et, enfin, tu vois, une chose en amenant une autre...

– Une seconde, tu parles bien de ton salaud de patron obsédé du contrôle ?

– Chut ! glousse Melissa. Oui, mais il n'est pas si méchant. En fait, nous avons beaucoup de points communs. Je ne te l'ai jamais dit mais je l'ai toujours trouvé canon. Les patrons ne sont-ils pas tous forcés de tout contrôler, de se montrer fermes ? Quand on regarde au-delà de ça, ce type a vraiment quelque chose... En fait, il est vraiment incroyable.

Melissa vous prend la main, le doux ruban qu'elle porte vous caressant le bras.

– Vilaine fille ! plaisantez-vous, ravie de la voir dans cet état.

– Je suis vraiment désolée de t'avoir plantée, je te jure ! Mais j'ai vécu une des nuits les plus extraordinaires de ma vie !

– Ne sois pas désolée. La nuit a été incroyable pour moi aussi.

– Écoute, je ferais mieux d'y aller, dit-elle en jetant un coup d'œil vers le fond de l'appartement.

– Tu m'appelles demain matin ?

– On est déjà demain matin !

– Un peu plus tard, alors, dites-vous en riant.

En l'embrassant rapidement sur la joue, vous remarquez une senteur boisée mêlée d'un arôme de cuir vaguement familière, sans réussir à l'identifier.

Melissa referme la porte. Au moins, vous n'êtes pas la seule à vous être lâchée ce soir. En entrant dans l'ascenseur, vous entendez un bruit qui ressemble à une claque, dans l'appartement de votre amie, comme du cuir sur de la peau, et aussitôt suivi par un cri de Melissa, dont vous devinez aisément qu'il exprime du plaisir et non de la douleur.

Vous souriez de nouveau. Quelle petite coquine !

Il est temps de rentrer chez vous et de faire le point sur vos aventures. Mais peut-être avez-vous envie de faire un saut au *coffee-shop* de votre quartier, qui est peut-être encore ouvert ?

- *Pour rentrer directement chez vous, rendez-vous en page 243.*
- *Pour faire un détour par le* coffee-shop, *rendez-vous en page 268.*

Vous avez décidé de rentrer chez vous retrouver votre Lapin

Vous vous glissez enfin dans le hall d'entrée de votre immeuble. Il est tard et vos pieds vous font souffrir. Ces talons aiguilles sont super sexy mais il y a un prix à payer.

Des cartons sont empilés devant l'ascenseur mais il n'y a personne en vue. Curieuse de découvrir qui peut bien déménager à cette heure de la nuit, vous soulevez le rabat d'un carton. Il est rempli de livres. Incapable de résister, vous en sortez un. Vous êtes en train d'en lire la quatrième de couverture lorsque la porte de l'ascenseur s'ouvre sur un inconnu. Vous vous dévisagez une seconde.

– Bonjour, dit-il. Je ne m'attendais pas à devoir affronter une voleuse de livres à cette heure.

Gênée, vous reposez l'ouvrage et levez les mains.

– Je n'allais pas l'emporter, vous défendez-vous, rougissant.

– Ah non ? C'est l'impression que vous donniez, pourtant. (C'est en le voyant sourire que vous comprenez qu'il vous fait marcher.) Puisque vous êtes là, pourriez-vous tenir la porte de l'ascenseur ouverte une seconde ?

Vous lui rendez ce service, pendant qu'il ramasse deux cartons. Vous ne pouvez vous empêcher de le reluquer lorsqu'il se penche. Sous sa chemise à carreaux, ses muscles se contractent sous l'effort. Ce grand type, aux cheveux noirs ébouriffés et un peu trop longs, porte des lunettes à la monture noire, ainsi qu'une barbe naissante. Ce n'est pas un canon conventionnel mais son sourire de travers a quelque chose d'attirant.

– Vous vous demandez qui peut bien emménager à 4 heures du matin, pas vrai ? dit-il en déposant les cartons dans l'ascenseur, avant d'aller en chercher deux autres.

– Exact. Pour vous installer à cette heure, vous êtes soit en train de fuir la police, soit un témoin protégé.

– Bon sang, vous m'avez percé à jour ! se lamente-t-il en posant les deux derniers cartons dans l'ascenseur. En fait, j'ai emménagé il y a trois jours. Mes derniers cartons n'ont été déposés qu'en début de soirée. Si j'avais su qu'ils étaient si lourds, je ne les aurais pas emportés.

– Et vous avez attendu 4 heures du matin pour les monter ?

– Je suis écrivain, la procrastination est une des choses que je fais le mieux. J'ai travaillé tard, et j'espérais qu'en les laissant suffisamment longtemps au rez-de-chaussée, des jambes leur pousseraient et leur permettraient de grimper eux-mêmes les marches. Ou qu'on les vole. Si je n'étais pas intervenu, vous auriez peut-être facilité cette dernière éventualité.

Vos mains s'effleurent quand vous cherchez en même temps à appuyer sur le bouton du sixième étage. Cela vous procure comme une minuscule décharge électrique, plutôt agréable.

Parvenus au sixième étage, l'inconnu vous invite à sortir la première de l'ascenseur.

– Non, ne vous inquiétez pas pour moi, dites-vous. Je vais vous tenir la porte, pour que vous puissiez sortir vos affaires.

Votre offre n'est pas tout à fait désintéressée : vous proposez de l'aider afin de l'admirer quelques minutes de plus en train de porter des colis.

– Vous avez passé une bonne soirée ? vous demande-t-il.

– Pas mauvaise, mais je suis contente d'être rentrée. Nous sommes donc voisins, dites-vous en voyant le palier envahi de cartons.

– Appartement 610, dit-il en posant son carton et en vous montrant sa clé.

– Et moi, je suis au 601, ajoutez-vous en piochant vos clés dans votre sac à main.

– Vous pourriez peut-être me faire découvrir le quartier un de ces jours ? propose-t-il, chargé du dernier carton. Apparemment, il y a un *coffee-shop* fantastique dans la rue.

Vous êtes agréablement surprise. Est-il en train de vous proposer une sortie avec lui ? On dirait bien.

– Oui, il est très bien. Leur chocolat chaud est excellent.

– Je suis plutôt adepte du café mais j'aime tout essayer au moins une fois. Je vous offrirai un chocolat chaud. C'est le moins que je puisse faire pour vous remercier de m'avoir tenu la porte de l'ascenseur. Que diriez-vous de demain soir ?

Vous faites semblant de réfléchir, de consulter en pensée un agenda imaginaire, alors qu'en vous-même vous êtes en train de crier : « Oui, je veux lécher du chocolat chaud mélangé à de la crème fouettée sur ton corps ! » Vous hochez gracieusement la tête :

– Merci, ça me paraît une bonne idée.

Après un signe d'au revoir, vous vous dirigez jusqu'à votre appartement. Malgré vos mains légèrement tremblantes, vous réussissez à glisser la clé dans la serrure. Juste avant de rentrer chez vous, vous vous retournez et constatez qu'il vous regarde toujours, avec ce fameux sourire de travers.

Vous êtes enfin chez vous. Quelle nuit bizarre. Cette tension sexuelle et ces faux départs vous laissent le corps vibrant, désirant désespérément être soulagé.

Vous commencez par retirer vos chaussures, que vous abandonnez dans l'entrée, puis vous ôtez votre robe, votre soutien-gorge et votre string en traversant l'appartement.

Vous entrez entièrement nue dans votre chambre. Vous sentez vos tétons se dresser et vos seins se couvrir de chair de poule sous l'effet de l'air frais de l'aube naissante. Vous vous passez la main sur le cou, entre les seins et sur le ventre, puis vous glissez les doigts entre vos cuisses, sur votre intimité brûlante et trempée. Après avoir un temps hésité à vous laisser aller, vous préférez vous laver, vous réchauffer, vous mettre à l'aise, afin de vous remettre de cette nuit.

Sous la douche, vous laissez le jet d'eau – aussi chaud que vous pouvez le supporter – s'abattre sur votre crâne et ruisseler sur votre visage, tout en vous savonnant intégralement.

Après avoir longuement profité de ce moment de détente, vous vous enveloppez dans votre serviette la plus absorbante et la plus douce. Vous vous brossez les dents, vous séchez les cheveux et vous couvrez de lotion corporelle de la tête aux pieds. Toujours nue, vous éteignez les lumières de l'appartement, pour enfin vous glisser dans votre lit, où vous vous abandonnez à la sensation des draps propres sur la peau. Rien n'est plus agréable que son lit après une longue journée.

Votre cœur se met à battre un peu plus vite lorsque vous ouvrez le tiroir de votre table de chevet. Les vibromasseurs relèvent toujours un peu du tabou. De minuscules ondes de plaisir anticipé se propagent dans votre sexe quand vous ouvrez le volumineux emballage.

Le Lapin est d'un rose tout mignon, semblable à un phallus très généreux, à un seul détail près : une excroissance située sur le côté de l'engin, près de la base. Elle se termine par deux petits boutons qui font saillie comme deux oreilles de lapin. Ils se penchent quand vous les touchez du doigt. Vous vous saisissez de l'emballage, afin de comprendre l'utilité de ces petites oreilles. Selon le mode d'emploi (en français, en japonais et en anglais), ce sont des stimulateurs clitoridiens.

Cet objet épouse parfaitement la forme de votre main. Vous découvrez au-dessus de votre pouce quatre petits interrupteurs. Vous appuyez sur le premier, le gadget se met aussitôt à vibrer dans votre main, vous provoquant des frissons.

Vous n'en pouvez plus d'attendre. On vous a aguichée, tentée et manipulée toute la soirée, votre corps douloureux réclame qu'on le soulage. Vous sentez l'humidité envahir vos cuisses quand vous glissez le Lapin réglé sur un rythme tranquille sous la couverture. Vous le plaquez contre votre poitrine, puis, du bout de cet engin, vous effleurez vos tétons l'un après l'autre. Vous le faites ensuite descendre sur le ventre et sur le mont de Vénus, ce qui vous fait vous tortiller de plaisir.

La respiration légèrement plus saccadée, vous positionnez l'extrémité du vibromasseur en haut de votre sexe et la laissez vous titiller en douceur le clitoris. Vous gémissez légèrement, avant de l'écarter : la sensation est trop intense pour que vous laissiez cette chose en permanence à un endroit si sensible ; vous n'avez pas envie de jouir immédiatement.

Aussi lentement que vous l'autorise votre corps affamé, vous faites courir le Lapin sur la longueur de votre fente, jusqu'à ce qu'il se mêle à votre humidité. Enfin, vous pliez les jambes et vous cambrez ; vous le glissez aisément en vous. Vous le poussez aussi loin que vous le désirez, puis vous le retirez légèrement. Vous recommencez en accélérant la cadence et découvrez une sensation nouvelle quand les oreilles de lapin vous massent le clitoris chaque fois que vous bougez la main. Soudain vous vient à l'esprit l'image de votre nouveau voisin. Vous imaginez que c'est lui qui vous pénètre. Ses bras musclés tendus de chaque côté de votre tête, il prend soin de ne pas vous écraser sous son poids. Il vous chevauche lentement dans un premier temps, puis sur un rythme de plus en plus soutenu. La tête plaquée contre l'oreiller, vous visualisez ce sourire de travers et sentez ses doigts sur votre clitoris.

Prête pour davantage d'intensité, vous appuyez sur le deuxième interrupteur. Les vibrations du Lapin montent d'un cran, mais ce n'est pas assez. Vous sautez le niveau trois et poussez le vibromasseur à sa puissance maximale.

Vous levez le bassin à la rencontre du Lapin chaque fois que vous le plongez en vous. Il vibre et irradie au point de vous faire gémir avec force, les yeux fermés, haletante. Vous sentez l'orgasme surgir comme un train lancé à toute allure ; vous savez qu'il sera impossible de le freiner. Vous recroquevillez les orteils quand une première secousse vous saisit le corps, suivie peu après d'une seconde, car vous n'avez pas cessé d'actionner le vibromasseur. Ces orgasmes sont d'une telle intensité que vous plaquez les pieds sur le lit, arc-boutée pour accueillir les vagues d'énergie qui se répandent en vous.

Enfin, complètement, totalement épuisée, vos cheveux mouillés rafraîchissant votre cou brûlant, vous repassez lentement du niveau quatre au niveau un, avant d'éteindre et de lâcher votre nouveau meilleur ami. Vous vous étirez, jouissant des répliques orgasmiques. Puis vous roulez sur le côté, prête à vous laisser gagner par le sommeil, et poussez un soupir de satisfaction. La vie est belle. En fait, elle ne pourrait pas être plus belle.

FIN

Composition PCA
44400 – Rezé

Imprimé en Espagne

Dépôt légal : octobre 2013
ISBN : 978-2-7499-1996-6
LAF 1795 A